1 Burgschule
2 Kirche und Friedhof
3 Leonardos
10 Skaterpark
11 Marktplatz mit Brunnen
12 Steinbruch
13 Vampir-Lesezirkel
14 Werwolf-Lichtung
15 Furiosas Haus
16 Spukhaus
17 Geisterfluss
18 Fröhliche Kiesel
19 Verlassene Mühle
20 Unheimlicher Turm

Luisa Fuchs
Anton Monsterjäger
Die Nacht der Geister

Anton Monsterjäger

Band 1: Ein Traum auf der Flucht
Band 2: Das Portal der Flüche
Band 3: Die Nacht der Geister

Luisa Fuchs

ANTON MONSTERJÄGER

Die Nacht der Geister

Mit Illustrationen von Sabine Mielke

magellan

Eine ganz besondere Nacht

„Autsch! Das ist doch …"

Eine kleine, pelzige Pfote presste sich auf Antons Mund und verschloss den Fluch hinter seinen Lippen. „Still", raunte Nepomuk ihm ins Ohr. „Oder willst du vom erstbesten Monster gefressen werden?"

Widerwillig schob Anton die Pfote seines Freundes beiseite und sammelte sich blaue Fellflusen von der Zunge. „Vielleicht ist das besser, als von dem Monstergewächs aufgespießt zu werden, in dem wir hocken!"

„Das ist ein Stechginster", meinte Theo, der neben ihm kauerte. „Piksig, aber ein gutes Versteck."

Suna zog unter einem dornigen Zweig den Kopf ein. „Wir sitzen jetzt schon eine halbe Ewigkeit hier drin. Meine Füße sind eingeschlafen."

Nepomuk verdrehte die Augen. „Seid ihr Monsterjäger oder Jammerlappen? Wir sind auf einer Mission, schon vergessen? Heute ist ein ganz besonderer Tag. Ein Tag, an dem die Haut zwischen den Welten ziemlich dünn ist. Ein Tag, an dem wir umso mehr auf diese Stadt aufpassen müssen!"

„Ich bin froh, dass wir gleich eine Pause vom Aufpassen machen", seufzte Theo. „Immerhin sind wir schon durch ganz

Helltoren patrouilliert, um nach dem Rechten zu sehen. Und es war alles in Ordnung."

„Fabio erlebt in den schottischen Highlands bestimmt gerade interessantere Dinge", meinte Suna. „Ob er schon einen Hinweis auf seine Eltern gefunden hat?"

Anton hob die Schultern. „Onkel Martin und er sind ja erst vor ein paar Tagen aufgebrochen. Aber offenbar gibt es eine Spur, der die beiden nachgehen können. Mein Onkel hat sich in Schweigen gehüllt, wahrscheinlich ist das Ganze ziemlich gefährlich. Wie immer, wenn Onkel Martin seine Finger im Spiel hat."

„Klingt spannend", erwiderte Suna. „Deutlich spannender jedenfalls als alles, was wir heute erlebt haben."

„Zumindest haben wir ein paar Irrlichter gesehen", flüsterte Anton. „Auf dem Friedhof. Zuerst dachte ich wirklich, dass sie Spaziergänger in die Irre führen wollen. Aber sie haben sich ja nur mit den Marienkäfern zum Tanzen getroffen."

„Die meisten Kreaturen sind auch heute friedlich", wisperte Nepomuk. „Selbst wenn ihre Anwesenheit Übles nach sich ziehen kann. Die Nixe aus dem See hat sich zum Beispiel im Brunnen auf dem Marktplatz niedergelassen. Ihr Wasser ist zwar ein gutes Waschmittel, aber es kann auch Knochen auflösen."

„Zum Glück liegt ein Gitter darüber", murmelte Suna.

„Jedenfalls müssen wir aufpassen, wer sich heute in Helltoren herumtreibt", fuhr Nepomuk fort. „Oder was. Und es gegebenenfalls dingfest machen."

„Warum können wir nicht wenigstens drinnen sitzen?" Theo zog fröstelnd die Arme um den Körper. „Unsere Falle funktioniert, wir haben sie doch getestet."

Anton spähte zwischen den Blättern zur Eingangstür seines Elternhauses. Schräg davor stand ein unscheinbarer brauner Pappkarton. Er sah aus wie ein Paket, das der Postbote mitten auf den Weg gelegt hatte. Aber das war nur Tarnung. In Wahrheit war der Karton eine Falle, die es in sich hatte.

„Wie ich euch kenne, stolpert ihr vor Aufregung über eure eigenen Füße, wenn die Falle losgeht", knurrte Nepomuk. „Da ist es besser, wir sind so dicht dran wie möglich."

Suna gähnte. „Ich würde mich lieber aufs Sofa legen. Letzte Nacht habe ich so schlecht geträumt wie noch nie. Ständig habe ich ein unheimliches Lachen gehört, und dann war da dieser eisige Wind …"

„Wahrscheinlich hast du einfach ein Fenster aufgelassen", mutmaßte Theo. „Manchmal vermischen sich Traum und Wirklichkeit."

„Und heraus kommt Großartiges", erwiderte Nepomuk. „Wie man an mir sieht. Das …"

Ein Knirschen unterbrach ihn. Anton zog die Brauen zusammen. „Seit wann knarzt unsere Tür?"

„Seit ich sie mit Rostmittel eingeschmiert habe." Nepomuk grinste. „Man will doch wissen, wenn jemand kommt."

Die Tür öffnete sich, stieß gegen den Karton – und sofort strömte gelber Glitzerstaub daraus hervor. Er türmte sich mannshoch auf, dann ertönte das Sauggeräusch, das der magische Staub immer von sich gab, wenn er versuchte, ein Monster in den Karton zu zerren.

„Wusste ich's doch!" Nepomuk sprang triumphierend aus dem Gebüsch. „Heute ist die Nacht der Monster, und das ist unser erster Fang! Das ist …"

Der Schrei kam so unerwartet, dass Anton erschrak. Er kämpfte sich aus dem Strauch und lief zum Karton, dicht gefolgt von Theo und Suna. Dort warf er eine Handvoll Salz in den Staub, der sich blitzschnell auflöste. Und ihm gegenüber, einen Fuß im Pappkarton, stand sein Vater. In der Hand hielt er ein altes, zerfleddertes Buch.

„Papa", sagte Anton wenig geistreich. „Was machst du denn hier?"

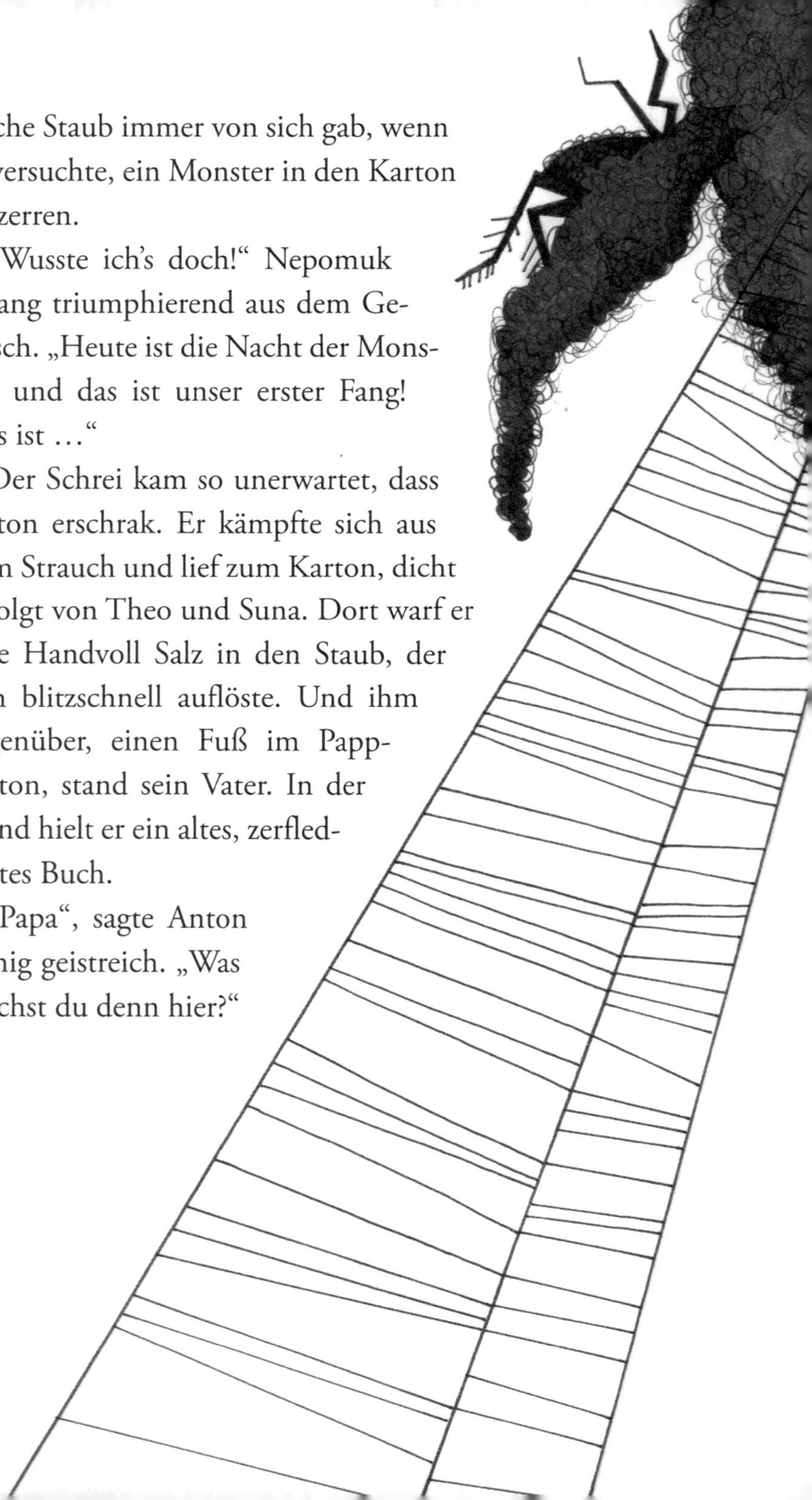

„Was soll das heißen?“ Sein Vater schüttelte sich Salz und Glitzer aus den Haaren. „Ich wohne hier! Was zur Hölle ist das für ein Karton?“

Anton wechselte mit seinen Freunden einen Blick. Hinter sich hörte er Nepomuk seufzen. Der Albtraum war zurück in den Strauch geflüchtet, denn gewöhnliche Menschen durften Monster wie ihn nicht zu Gesicht bekommen. Und obwohl sie diese Wesen meist selbst dann nicht erkannten, wenn sie ihnen geradewegs in die Arme liefen, ging Nepomuk lieber kein Risiko ein. Der Hohe Rat der Träume und Albträume, der über die Traumwelt herrschte, verstand in diesem Punkt keinen Spaß.

„Wir haben eine Monsterfalle gebaut“, erklärte Anton und lächelte liebenswürdig. „Es ist doch Halloween!“

Natürlich hatte sein Vater keine Ahnung davon, dass sie wirklich Monsterjäger waren. Trotzdem schaute er einigermaßen beeindruckt auf den noch immer funkelnden Karton. „Schön“, antwortete er geistesabwesend. „Leider habe ich für so was jetzt gar keine Zeit.“

Anton zog den Karton von seinem Fuß und warf einen Blick hinein. In dem unscheinbaren Pappkarton steckte nämlich eine ausgefeilte Maschinerie aus Zahnrädern, Schrauben und Haken, die zusammen mit einem gehörigen Schuss Magie den Glitzerstaub erschaffen konnten. Allerdings waren einige Spulen jetzt ganz schön verbogen.

„Was machst du überhaupt hier?“, fragte Anton. „Heute Nacht ist doch im Buchladen die Lesung von diesem berühmten Schriftsteller.“

„Steffen König“, sagte sein Vater mit einem Ausdruck, als müsste dieser Name Anton mindestens so bekannt sein wie sein eigener. „Großartigster Horrorautor der Welt. Es ist eine Ehre, dass er heute nach Helltoren kommt. Er ist hier aufgewachsen, und er wird aus seinem Erstling *Tiffany* lesen, das genau heute vor fünfundzwanzig Jahren erschienen ist."

„Geht es da nicht um diese unheimliche Höllenkatze?" Anton kratzte sich am Kopf. „Wie verträgt sich das denn mit deiner Katzenphobie?"

„Ich habe nichts gegen Katzen", meinte sein Vater verlegen. „Ich muss nur immer niesen, wenn sie mir zu nah kommen. Aber Tiffany ist ja bloß eine Figur in einem Buch. Wenn auch eine ziemlich unheimliche." Er seufzte. „Ich sollte schon längst wieder im Laden sein und deiner Mutter mit dem Matratzenlager helfen. Immerhin werden die Gäste bei uns übernachten. Ich wollte aber unbedingt noch meine alte Erstauflage von *Tiffany* holen. Vielleicht signiert Steffen König sie mir."

Anton hatte seinen Vater noch nie so aufgeregt erlebt. Er hatte rote Flecken auf den Wangen, als er das zerfledderte Buch an sich drückte.

„Dann bist du durch den Hintereingang gekommen", murmelte Anton nachdenklich. „Deswegen haben wir dich nicht gesehen."

Sein Vater schaute verwirrt auf, und Suna bohrte gerade noch rechtzeitig ihren Ellbogen in Antons Seite, ehe er zum Stechginsterbusch zurückschauen konnte. Sie hatte recht. Es fehlte gerade noch, dass sein Vater erfuhr, dass sie stundenlang in einem Busch hockten, um Monstern aufzulauern.

„Wir sind auch gerade gekommen", rief Theo schnell und

deutete auf seine Umhängetasche. „Haben noch Süßigkeiten besorgt für unseren Filmabend nachher."

Antons Vater nickte. „Übertreibt es nicht. Leonardo wird zwar auf euch aufpassen, aber gegen Überfressen wird auch unser Super-Erfinder kein Mittel haben."

Anton musste grinsen. Wenn sein Vater wüsste, dass Leonardo die ausgeklügeltsten Waffen an die Schule der Monsterjäger lieferte, würde er Augen machen. Er spähte durch die offene Tür zur Werkzeugkiste hinüber, die im Flur stand. Darin steckte auch der Saugeniale Superschraubendreher, den Leonardo ihm für einige seiner eigenen Erfindungen geliehen hatte. Der war nicht nur magisch, sondern konnte sich auch verformen, um in die unmöglichsten Ecken zu kommen. Ohne ihn hätten sie ihren Monsterfangkarton nie bauen können.

„Leonardo müsste bald hier sein." Suna schaute auf ihre Uhr. Sie war ganz und gar aus Holz und sah mit ihrem offenen Innenleben und den unzähligen winzigen Schrauben und Zahnrädern sehr besonders aus. Allerdings war sie gleichzeitig ein Portal in die Welt der Geister, und Suna bewachte sie mit Argusaugen.

„Wir gehen rein", meinte Anton. „Müssen uns noch auf einen Film einigen."

Sein Vater wuschelte ihm durchs Haar wie früher, als Anton noch klein gewesen war, was dieser mit unterdrücktem Seufzen über sich ergehen ließ. „Ihr wisst ja, wie ihr uns erreichen könnt, falls was ist. Viel Spaß euch!"

Er winkte den anderen mit der zerfledderten *Tiffany* zu und lief den Weg hinab. Dabei zog er eine Spur aus Salz und Glitzer hinter sich her.

„Ob Steffen König ein Glitzer-Fan ist?", fragte Theo.

„Glitzer muss man einfach lieben." Nepomuk sprang aus dem Busch und blieb neben dem Karton stehen. „Ganz im Gegensatz zu kaputten Maschinen. Anton, du hättest deinen Vater besser erziehen sollen."

Anton hob die Brauen. „Du meinst, ich hätte ihm beibringen sollen, nicht zufällig in einen Pappkarton zu treten, der in Wahrheit eine Monsterfalle ist?"

„Genau." Nepomuk überprüfte eine Spule und klemmte sich daran. Mit finsterer Miene steckte er sich den Finger in den Mund. „Um daff wieder hinfukriegen, brauchen wir ein biffchen."

„Das machen wir im Haus", bestimmte Anton. „Und dabei können wir schon mal ein paar Süßigkeiten testen. Wir wollen den Kindern nachher ja nur das Beste anbieten, oder?"

Nepomuk linste zu Theos Tasche hinüber und nickte. „Wenn ich mich quer durch Schokolade und Gummibären fresse, tue ich das immer nur fürs Allgemeinwohl. Ich opfere mich sozusagen. Das …"

Er hielt so abrupt inne, dass Anton ihn erstaunt ansah.

„Was ist los?“, flüsterte er instinktiv leiser. Auch Suna und Theo schauten sich suchend um, doch da fühlte Anton ihn bereits: den eisigen Wind, der auf einmal durch den Garten ging.

„Wie in meinem Traum“, wisperte Suna erschrocken, und da brauste der Wind auf. Er stob Anton ins Haar und zerrte ihn und seine Freunde nach vorn. Es war, als hätte sie jemand mit unsichtbaren Händen gepackt.

Gleich darauf wurden sie abrupt wieder losgelassen, stolperten und fielen auf die Knie. War das ein Lachen, das jetzt durch den Garten klang, leise und tückisch? Im nächsten Augenblick war der Wind verschwunden.

„Was war das denn?“ Theo kam auf die Beine.

„Eine Frechheit!“ Nepomuk schüttelte sich. „Wenn das ein Scherz von Leonardo war, kann er sich aber auf was gefasst machen!“

Anton schaute sich um. Es war nichts Ungewöhnliches zu sehen. Aber ihm war klar: Dieser Wind war kein Scherz gewesen. Etwas Übernatürliches hatte in seiner Kälte gelegen.

Magie.

„Lasst uns reingehen.“ Suna zog die Schultern hoch. „Langsam wird mir wirklich kalt.“

Anton folgte den anderen. Erst als er im Flur stand und die Tür hinter sich zuzog, fiel sein Blick auf den Werkzeugkoffer. Ein Schauer flog über seinen Rücken.

Der Saugeniale Superschraubendreher war nicht mehr da.

Im Nebel

Die Türklingel schrillte wie Geistergesang durchs Haus. Anton grinste, als Suna und Theo zusammenzuckten.

„Das ist Nepomuks Stimme“, erklärte er. „Ich habe sein Gekreische aufgenommen, als er keine Kekse mehr in seinem Geheimversteck gefunden hat.“

Suna lachte. „Klingt täuschend echt.“

„Er wird begeistert sein, wenn er von seiner Patrouille wieder da ist und es hört“, meinte Theo. „So begeistert, dass er der Klingel vermutlich sofort den Garaus macht.“

Anton winkte ab. „Keine Sorge. Wenn er das versucht, wird er mit Klebeglitzer übergossen. Ich habe aus meinen Fehlern gelernt.“ Damit öffnete er die Tür.

„Bin ich hier richtig im Hotel zum Glotzäugigen Pferd?“ Leonardo, der in seinem Rollstuhl davor wartete, deutete grinsend auf die zottelige Figur, die inmitten von Spinnweben und Kürbissen neben der Haustür stand.

„Das ist eine Spinne“, sagte Anton. „Jedenfalls behauptet Nepomuk, dass es eine sein soll.“

„Aber sie hat nur zwei Beine.“ Leonardo sah mitleidig auf das zerrupfte Geschöpf. „Vielleicht drei, wenn man das seltsame Gekräusel dahinten mitzählt.“

„Das soll ein eingewobener Riesengrashüpfer sein“, erklärte Suna. „Oder …“

„… ein eingewobener Erfinder, der keinen Blick für wahre Kunst hat“, rief da Nepomuk aus dem Wohnzimmer. „Kaum bin ich zurück, muss ich mir Frechheiten anhören! Wehe, du sagst noch was Unverschämtes über den Stechginsterstrauch! Die angeklebten Leuchteaugen und der Mund sind eine Warnung! Er ist gemeingefährlich!“

Anton hörte, wie Nepomuk mit Tüten herumraschelte, und ließ Leonardo herein. „Bevor du fragst: Dein Saugenialer Superschraubendreher ist verschwunden. Ich glaube, mein Vater hat ihn mit in den Buchladen genommen, um die wackligen Lampen festzuziehen. Er will vor Steffen König sicher einen guten Eindruck machen.“

Leonardo grinste. „Dein Vater ist ein Fan der ersten Stunde. Und solange ich den Saugenialen Superschraubendreher in den nächsten Tagen wiederbekomme, ist alles gut. Ich brauche ihn nämlich, um all die Monsterfallen zu warten, die Edwin Sniffel mir über die Ferien gegeben hat.“ Er seufzte, dann schaute er von einem zum anderen. „Ihr seht toll aus!“

Anton und seine Freunde hatten sich inzwischen umgezogen. Theo trug einen Blaumann von seinem Vater und hielt einen der Flammenwerfer in der Hand, mit denen sie normalerweise auf Monsterjagd gingen. „Ich bin ein Monsterjäger. Vielleicht nicht gerade originell, aber endlich können wir mal überall erzählen, was wir wirklich sind. Das muss ich nutzen.“

Anton kratzte sich unter seiner Kapuze den Kopf. Sie war

mit verfilztem Fell bedeckt, ebenso wie sein etwas zu klein geratenes Werwolfkostüm. „Meine Mutter hat mir das Kostüm genäht, als ich neun war. Ist etwas aus der Form geraten, aber es hat Gimmicks, die ich damals eingebaut und jetzt verbessert habe. Wenn ich an diesem Fellbüschel ziehe, verbreitet es zum Beispiel einen mörderischen Gestank."

„Ich verzichte auf eine Veranschaulichung", sagte Leonardo schnell. „Nun, ich bin ein verrückter Professor. Und ich musste mich kaum verändern." In der Tat trug er lediglich einen weißen Kittel, und seine Haare standen noch etwas wirrer vom Kopf ab, aber eigentlich sah er aus wie immer. „Und was ist das? Hat sich etwa eine Hexe in unsere Mitte begeben?"

Suna lächelte. „Mir hat neulich jemand gesagt, das würde zu meinem Charakter passen."

„Jemand", rief Nepomuk von hinten. „Das bin ich gewesen, weil du unverschämterweise die letzten drei Kekse gegessen hast!"

„Das waren ja auch *meine* Kekse!"

„Haarspalterei." Nepomuk kam aus dem Wohnzimmer.

„Na? Wie sehe ich aus? Ich wette, ihr erratet nie, wer ich sein soll!“

Anton starrte auf den geblümten Bademantel, das Pflaster auf Nepomuks Nase und die eingedrehte Haartolle. Es hätte nicht Nepomuks arrogante Miene gebraucht, um sofort zu erkennen, wen er darstellte.

„Septimus Frost“, sagten Anton, Suna und Theo wie aus einem Mund, und Leonardo fügte lachend hinzu: „Die Ähnlichkeit ist verblüffend.“

Nepomuk strich sich das Haar zurück. „Meine Frisur ist allerdings schicker“, stellte er fest. „Sie hat den gewissen Pepp.“

Leonardo lächelte. „Es freut mich, dass du dich entschlossen hast, dich mir zu zeigen. Auch, wenn ich kein Monsterjäger bin.“

„Ohne dich wären die Jäger von Helltoren aufgeschmissen“, gab Nepomuk zurück. „Und auch, wenn du nicht auf die Burgschule gehst, gehörst du doch gewissermaßen zum Inventar.“

Leonardo lachte leise. „Erstaunlicherweise hat Septimus Frost mir neulich etwas Ähnliches gesagt. Was wohl daran lag, dass ich seinen Alraunenbeschwichtiger repariert habe. Ich habe den guten Septimus noch nie so erleichtert gesehen.“

„Was er wohl gerade macht?“, überlegte Theo. „Ich finde es immer noch schräg, dass er mit Edwin Sniffel auf Kreuzfahrt gegangen ist.“

Anton grinste. „Das ist eine Forschungsreise, schon vergessen? Sie wollen die Monster des Atlantiks erkunden.“

„Bestimmt liegt er in der Sonne“, meinte Suna. „Oder denkt sich fiese Hausaufgaben aus, die er uns nach den Ferien aufbrummen kann.“

„Oder er spielt mit Edwin Baseball und lässt sich auf die Nase hauen“, warf Nepomuk ein. „Wer hätte gedacht, dass ein Albtraum mal zur Belebung einer Männerfreundschaft beitragen würde?“

Anton nickte. „Normalerweise waren die beiden die Einzigen, die über die Ferien auf der Burgschule geblieben sind. Jetzt ist niemand mehr da. Die Schule hat sich bestimmt in ein Geisterschloss verwandelt.“

„So in etwa“, sagte Leonardo. „Es ist ganz schön einsam auf der Burg. Und still. Abgesehen natürlich von Edwin Sniffels vierstimmig singendem Barsch.“

Suna lachte. „Dieses ausgestopfte Vieh hat uns schon manche langweilige Unterrichtsstunde versüßt.“

„Mich hat er fast zu Tode erschreckt", seufzte Leonardo. „Ich kümmere mich in Edwins Abwesenheit ja um seine Blumen. Sieglinde, die Efeutute, ist übrigens ziemlich bissig."

„Bestimmt wäre Edwin Sniffel heute gern hier", mutmaßte Theo. „Immerhin hat er früher an Halloween ganz schön viele Monster gefangen."

„Zum Beispiel die Fürchterliche Fiona", sagte Suna. „Diese riesige Spinne, die fast so aussah wie unser Pferd da draußen."

„Oder Orpheus", murmelte Anton. „Der Dunkle Geisterbarde, der mit seinem Gesang ganze Straßenzüge in Schutt und Asche legen konnte."

„Deshalb hat er sich auch Orpheus genannt", meinte Theo. „Nach dem berühmten Sänger der griechischen Mythologie. Der konnte mit seiner Stimme sogar Felsen zum Weinen bringen."

Nepomuk verdrehte die Augen. „Ihr Menschen hattet immer schon einen Hang zur Melodramatik. Weinende Felsen … das kriege ich auch hin. Lasst mich nur für sie kochen, und ihnen wachsen zusätzlich Beine zum Weglaufen!"

Die anderen lachten, aber Anton zog die Schultern hoch. Er hatte es nicht so mit Geistern. Und der Dunkle Barde gehörte zu den mächtigsten unter ihnen. Sniffel hatte im Unterricht oft von ihm erzählt, von seiner Donnerstimme, den Sternenstaubaugen und dem aschgrauen Geisterkörper. Und davon, wie er einst versucht hatte, Helltoren ins Chaos zu stürzen. Früher, als er noch ein Mensch gewesen war, soll Orpheus in Helltoren gewohnt haben. Noch heute stand sein Haus am

Stadtrand, und auch wenn es von der Historischen Gesellschaft Helltorens als Kleinod früherer Baukunst bejubelt wurde, sah es doch einfach aus wie ein Geisterhaus. Und so wurde es von allen nur das Spukhaus genannt.

„Keine Sorge.“ Nepomuk wischte mit der Pfote durch die Luft. „Dieses Halloween scheint es ruhig zu werden. Ich war vorhin ja auf Monsterpatrouille, und außer ein paar Werwölfen im Wald ist nicht viel los.“

Sein eigenes Kreischen ließ ihn zusammenzucken, so laut hallte die Klingel durchs Haus. Erbost starrte Nepomuk Anton an, denn er begriff sofort, dass seine Stimme geklaut worden war. Aber ehe er sich beschweren konnte, hörten sie etwas anderes.

„Süßes oder Saures!“

Anton öffnete die Tür. Vor ihm stand ein Vampir in Begleitung einer Mumie und eines kleinen Kürbisses mit Pferdeschwanz. Anton erkannte sie als die Nachbarskinder.

„Uuuh, ihr seht ja furchterregend aus!“ Suna griff nach der Schüssel mit den Süßigkeiten. „Da geben wir euch lieber was von unseren Schätzen ab.“

„Ist auch besser so“, nuschelte die Mumie und grabschte in die Schüssel. Im selben Moment grub sich von unten eine Zombiehand durch die Süßigkeiten. Die Mumie kreischte los und machte einen Satz zurück.

Anton unterdrückte ein Lachen, hörte aber genau, wie Nepomuk in seinem Versteck hinter dem Garderobenständer kicherte. „Unsere Süßigkeiten sind nur für die wirklich Mutigen unter euch", sagte er. „Nicht jeder traut sich an eine Schale mit Zombiehand heran."

„Ist doch nur Plastik." Der Vampir schnappte sich achselzuckend zwei Tütchen mit Fruchtgummis.

„Langweilig", meinte jetzt auch die eben noch sehr erschrockene Mumie, beeilte sich aber doch, möglichst schnell etwas aus der Schale zu nehmen.

„Ach ja?" Suna lächelte zuckersüß. „Traut ihr euch denn auch in unseren Monsterdetektor? Er kann fühlen, ob ihr Angst habt. Wenn ja, färbt er euch ganz und gar Rosa. Aber wenn nein, kriegt ihr eine besondere Überraschung von mir."

Sie deutete auf den Karton neben der Tür, und Anton verkniff sich ein Grinsen. In Ermangelung des Saugenialen Superschraubendrehers hatte er die Monsterfalle rasch zu einem Monsterdetektor umgebaut, der erkennen konnte, ob tatsächlich ein übernatürliches Wesen an ihre Tür kam. Grüner Nebel waberte aus der Pappe.

„Nee", sagte der Vampir. „Das riecht nach Dinkel. Und ich habe Glutenunverträglichkeit!"

Als hätte er damit einen besonders fiesen Zauber gesprochen, drehte er sich auf dem Absatz um und eilte, gefolgt von der Mumie, den Weg hinab. „Sophia", rief die Mumie, als sie das Gartentor erreicht hatten. „Jetzt komm endlich!"

Aber das Kürbismädchen schaute neugierig auf den Karton.

„Willst du es versuchen?", fragte Anton. „Ich glaube, du schaffst das. Du siehst von euch dreien am mutigsten aus."

Die Kleine lächelte zu ihm hoch. Dann nahm sie Sunas

Hand und kletterte in den Karton. Der Nebel stieg etwa bis zur Hüfte an ihr hoch, dann brummte der Karton und ließ das Mädchen kichern, ehe der Nebel auch schon wieder verschwand. Nur einzelne Schwaden blieben wie Zuckerwatte an Sophia haften.

„Großartig", lobte Suna sie und half ihr aus dem Karton. „Hier, den hast du dir verdient. Er färbt die Zunge knallblau!"

Stolz nahm Sophia den Lolli entgegen und trippelte zu Vampir und Mumie hinüber. Am Gartentor drehte sie sich noch einmal um. Die letzten Nebelschwaden verschwanden … und für einen winzigen Moment schien es Anton, als würden Sophias Augen in einem roten Licht aufglühen. Dann blinzelte das Mädchen, winkte ihnen noch einmal zu und rannte mit den anderen die Straße hinab.

Kurz hoffte Anton, dass er sich alles nur eingebildet hatte. Aber die Stille hinter ihm machte ihm klar, dass seine Freunde sie auch gesehen hatten: die roten Augen der kleinen Sophia, die geglüht hatten … wie bei einem echten Vampir.

„Ihr habt das auch gesehen, oder?", vergewisserte Anton sich trotzdem und schaute in die Gesichter seiner Freunde.

Suna nickte, und Theo zog die Schultern hoch. Selbst Leonardo blickte mit ungewohntem Ernst an die Stelle, an der die kleine Sophia gerade noch gestanden hatte.

„Eins ist sicher", murmelte Nepomuk und stopfte sich gleich zwei Tütchen auf einmal samt Verpackung in den Mund. „Irgendetwas stimmt hier nicht."

Eiskalter Wind

Anton, Suna und Theo hockten auf dem Sofa im Wohnzimmer. Leonardo saß ihnen gegenüber und starrte auf all die Schalen mit Chips, Gummibären und sauren Drops für ihren Filmabend. Aber während draußen johlende Kinder durch die Straßen zogen und hörbar Spaß hatten, näherte sich die Laune bei Anton und seinen Freunden dem Gefrierpunkt.

„Meint ihr, ein Vampir hat die kleine Sophia gebissen?", murmelte Suna und sprach damit aus, was sich alle fragten.

Aber Leonardo schüttelte den Kopf. „Vampire sind anständiger, als man meinen könnte. Jedenfalls die, die ich kennengelernt habe. Von denen käme keiner auf die Idee, ein kleines Kind zu beißen."

„Vielleicht haben wir uns geirrt", meinte Theo. „Oder sie hatte Lichter in ihrem Kostüm, die ihre Augen leuchten ließen."

Anton starrte auf den Nebelkarton, den sie mit ins Zimmer genommen hatten. „Oder es hat was mit dem Karton zu tun. Der Nebel hat bei Nepomuk eindeutig angezeigt, dass er kein Mensch ist. Was, wenn Sophia wirklich …" Er stockte.

„… ein Vampir ist?" Leonardo hob die Brauen. „Mir kam es eher so vor, als würde sie so *erscheinen*. Wir …"

Da ertönte Furcht einflößendes Geheul. Leonardo zuckte

so heftig zusammen, dass er sein Wasser verschüttete, Suna kippte fast vom Sofa, und Theo stieß sich den Ellbogen am Bücherschrank. Nur Anton schaute sofort zu dem haarigen Kreischmonster hinüber, das jetzt mitten auf den Tisch sprang.

„Na, seid ihr wieder wach?“ Nepomuk vertilgte mit einem Happs die halbe Schüssel Chips. „Da ihr euch ja so an meiner liebreizenden Stimme erfreut, dachte ich, dass ihr gern eine kleine Zugabe hättet.“

„Das ist nicht lustig“, knurrte Anton. „Wir haben ein Problem und du …“

„… ich sorge für bessere Stimmung. Und abgesehen davon, gibt es kein Problem. Ich bin Sophia und ihren Geschwistern nachgegangen. Die Kleine liegt längst völlig unvampirisch im Bett und schläft. Für alle Fälle habe ich einen Traumzauber über sie gelegt, sie spaziert bis zum Morgengrauen durch ein knallbuntes Süßigkeitenland und hat den Spaß ihres Lebens. Wir haben uns das alles nur eingebildet.“

„Seit wann glaubst du, dass du dir etwas nur einbildest?“, fragte Suna skeptisch.

„Seit ich dachte, deine Kekse sind auch meine Kekse“, gab Nepomuk zurück. „So eine Enttäuschung hinterlässt nun mal Spuren.“

Der Wind kam so plötzlich, dass Nepomuk innehielt. Und es war kein gewöhnlicher Wind, der jetzt wie ein Atemzug durchs Zimmer streifte. Er war eiskalt, gnadenlos … und magisch. Es war derselbe Wind, der kurz vor dem Verschwinden des Saugenialen Superschraubendrehers aufgetaucht war.

„Was zur …“, konnte Leonardo noch sagen.

Dann fegte der Wind mit lautem Brausen die Bücher aus dem Regal, erfasste den Karton und schleuderte ihn mit Wucht zu Boden. Sofort strömte der grüne Nebel in mächtigen Schwaden ins Zimmer. Anton sprang auf und konnte nicht verhindern, dass der Nebel ihn husten ließ. Keuchend taumelte er in Richtung Flur. Normalerweise wandte der Nebelzauber sich nicht gegen ihn, immerhin hatte er ihn erschaffen. Das war nur möglich, wenn jemand seine eigene Erfindung manipuliert hatte. Blitzlichtartig kam ihm der Saugeniale Superschraubendreher in den Sinn. Es war nicht sein Vater gewesen, der ihn mitgenommen hatte, sondern jemand anderes. Und dieser Jemand hatte sich an dem Karton zu schaffen gemacht. Aber wer? Und aus welchem Grund?

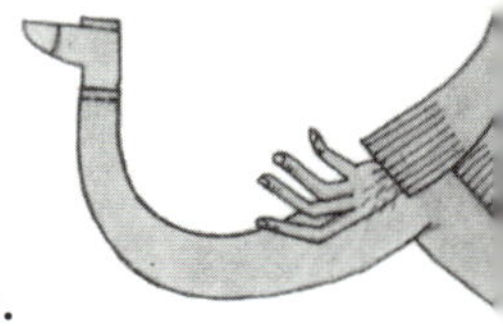

Im Flur tastete Anton nach seinem Nebelsauger. Normalerweise trug er eine Grundausrüstung zur Abwehr schädlicher Zauber immer bei sich, allerdings nicht zu Hause. Er riss den Sauger aus der Ladestation und stolperte zurück ins Wohnzimmer. Der Nebel erfüllte inzwischen den gesamten Raum, und obwohl der Sauger tat, was er konnte, lichtete sich der Dunst nur langsam. Anton konnte seine Freunde nicht sehen. Dafür hörte er sie über das Brausen und den Sauger hinweg. Leonardo stieß gegen den Tisch, Theo stolperte und landete am Boden, Nepomuk hustete wie verrückt, und Suna schrie erschrocken auf, als der Wind erneut aufbrauste. Es klang, als wäre sie von etwas gepackt worden.

„Meine Uhr!“, rief sie außer sich. „Nein!“

Ein greller Blitz ging durch den Nebel. Es war eine von Sunas Sprungkapseln, die sie zur Monsterabwehr mit Edwin Sniffel gebaut hatte. Das Licht zerfetzte den Nebel, und kurz sah Anton drei Gestalten, die Suna umringten: etwas größer als er selbst mit durchscheinenden Körpern und schneeweißen Augen. Eine junge Frau mit wilden Locken, ein etwa gleichaltriger Kerl mit einer Narbe an der Wange und ein weiterer, der sein halblanges Haar zu einem Zopf gebunden hatte. Jetzt griff der Typ mit der Narbe nach Sunas Arm. Anton spürte die Eiseskälte, die von ihm ausging. Er sah noch Sunas Entsetzen und wie Theo auf den Angreifer zustürzte.

Dann erlosch das Licht. Ohrenbetäubend laut brauste der Wind erneut auf. Anton hörte Theo schreien, dann ertönte das grausame Lachen, das er schon im Garten gehört hatte. Gleich darauf wurde es totenstill. Der Wind war verschwunden. Der Nebel wurde wie von unsichtbaren Klauen zerrissen.

Anton ließ den Sauger fallen und stürzte auf Suna zu, die neben dem Tisch kauerte. Wie in Zeitlupe öffnete sie die Hand, die sie um ihren Arm geschlossen hatte.

Ihre Uhr, das Portal in die Welt der Geister, war fort.

Geisterhafte Verwandlung

„Das darf nicht wahr sein“, flüsterte Suna. „Das Portal … es ist weg!“

Anton legte den Arm um ihre Schultern. „Bist du verletzt?“

Sie schüttelte den Kopf. „Aber dieser Wind … er war so kalt. Es war derselbe Wind wie in meinem Traum.“

„Und wie im Garten“, murmelte Anton.

„Ihr habt so was schon öfter erlebt?“, fragte Leonardo entgeistert. „Warum habt ihr mir das nicht erzählt?“

Nepomuk wühlte sich aus dem Papierkorb, in den der Wind ihn geschleudert hatte. „Weil Halloween ihnen offenbar den Verstand vernebelt hat.“

Anton warf ihm einen wütenden Blick zu. „Man wird nicht jeden Tag von Geistern heimgesucht. Auch als Monsterjäger nicht.“

Er schauderte, als er es aussprach. *Geister.* Aber es bestand kein Zweifel daran, dass diese unheimlichen Wesen genau das waren.

„Womöglich haben sie schon mal versucht, das Portal in die Finger zu kriegen“, raunte Suna. „Vielleicht war es gar kein Traum. Aber ich habe das Portal nicht geöffnet. Wie sind sie in diese Welt gekommen?“

„Das werden wir herausfinden." Nepomuk zog die buschigen Brauen zusammen. „Wo ist eigentlich Theo?"

Kaum hatte er den Namen ausgesprochen, klang Theos Stimme durchs Zimmer. Aber sie hörte sich seltsam an, als würde Theo in einem langen Tunnel stehen. „Hallooo?", rief er. „Ich bin hiiiier! Beim Fiiicus! Seeeht ihr mich niiicht?"

Suna kam auf die Beine. „Wo bist du?" Suchend schaute sie sich um. „Wir können dich nicht sehen!"

„Iiich bin hiiier drüüüben", antwortete Theo. „Neeeben dem Feeernseher!"

„Da ist nichts", sagte Anton. „Und warum redest du überhaupt so komisch?"

Theo stieß ein unterdrücktes Schluchzen aus. „Ich seeehe eeeuch. Bitte, heeelft miiir!"

Da huschte Nepomuk zum Fernseher hinüber. Er streckte die Pfoten aus, und plötzlich erkannte Anton ein Flackern im Raum. Nepomuk überzog seine Pfoten mit blauen Flämmchen und griff in die Luft. Theos Umrisse wurden sichtbar, aber

sein Körper war so durchscheinend, dass Teile von ihm immer wieder verschwanden.

„Auuutsch“, jammerte Theo. „Duuu hast miiich gekniffen!“

Nepomuk verdrehte die Augen. „Stell dich nicht so an. Komm lieber mit in die Küche.“

Anton hatte keine Ahnung, was mit Theo los war oder was Nepomuk vorhatte. Aber er folgte den beiden mit den anderen in die Küche, wo Nepomuk eine Packung Mehl fand und sie kurzerhand über Theo auskippte.

Für einen Wimpernschlag stellte Anton sich seine Mutter vor, wenn sie diese Mehllandschaft vorfinden würde. Aber dann beobachtete er, wie das Mehl sich auf Theos durchscheinenden Körper legte und ihn wieder sichtbar werden ließ. Nepomuk nickte zufrieden und schickte seine Flämmchen darüber. Gleich darauf stand Theo wieder leibhaftig vor ihnen. Allerdings in leuchtend blaues Licht getaucht.

„Könnt ihr mich sehen?“, fragte er unsicher.

„Ja.“ Anton wollte ihm die Hand auf die Schulter legen. Doch seine Finger glitten einfach durch ihn hindurch.

Entsetzt starrte Theo ihn an. „Was zum Teufel ist mit mir passiert?“

„Deine Stimme ist immerhin durch meine Magie wieder erträglich geworden“, stellte Nepomuk fest. „Und sehen können wir dich auch wieder. Es ist nicht so einfach, selbst in die Sichtbarkeit zu wechseln. Damit haben viele Geister anfangs Probleme.“

Theo riss die Augen auf. „Ich bin ein Geist?“ Seine Stimme wurde so schrill, dass sie fast wieder unheimlich klang.

Nepomuk aber hob nur die linke Braue. „Du bist unsichtbar, wenn ich dich nicht gerade sichtbar mache. Deine Stimme würde jeder gesprungenen Schallplatte Konkurrenz machen. Und man kann durch dich hindurchgehen wie durch Nebel.“ Zur Veranschaulichung hüpfte er einmal durch Theos Bauch und wieder zurück, was dieser fassungslos über sich ergehen ließ. „Lass mich überlegen“, sagte Nepomuk in Denkerpose, ehe er die Augen verdrehte. „Ja, du bist ein Geist. Oder besser gesagt: Du siehst wie einer aus.“

„Moment mal“, meinte Anton. „Normalerweise wird man als Geist geboren. So wie Naturgeister, Schutzgeister oder Flaschengeister. Oder man stirbt und verwandelt sich in einen.“

„Bin ich etwa gestorben?“ Theo wurde so blass, dass seine blaue Farbe ganz jämmerlich aussah.

Leonardo schüttelte den Kopf. „Unsinn. Aber wir haben Halloween. Da gehen merkwürdige Dinge vor sich, und die Monster können nicht nur die Pforten zwischen den Welten leichter überwinden, sondern haben auch größere Kräfte.“

„Leonardo hat recht“, stellte Nepomuk fest. „Heute Nacht können einige Monster euch Menschen in Geister und andere unheimliche Kreaturen verwandeln, indem sie euch berühren. Vor allem Geister machen das gern. Das ist ein Überbleibsel aus der Vergangenheit, als die Welten an Halloween noch sperrangelweit offen standen. Keine Sorge, sobald Halloween vorbei ist, verwandelst du dich wieder zurück.“

„Aber die Geister dürfen nicht in unsere Welt", sagte Suna. „Erinnert ihr euch nicht, was Edwin Sniffel dazu erzählt hat? Orpheus, der Dunkle Barde, ist vor vielen Jahren mit etlichen Geistern nach Helltoren gekommen, und sie haben den Menschen so viel Angst eingejagt, dass der Hohe Rat der Geister beschlossen hat, sie für die nächsten paar Jahrhunderte in ihrer Welt einzusperren."

„Sie wollten das Portal", murmelte Anton. „Und Theo kam ihnen in die Quere."

Theo wischte sich über die Augen. „Ich habe gesehen, wie sie nach Sunas Uhr gegriffen haben, und mich auf sie gestürzt. Im nächsten Moment wurde ich von eisigem Wind gepackt und … na ja. Dann habt ihr mich nicht mehr gesehen."

„Aber ich habe das Portal immer bewacht", sagte Suna. „Wie konnten sie in unsere Welt kommen?"

„Du hast geträumt", warf Anton ein. „Vielleicht hast du das Portal im Schlaf geöffnet."

„Der Mechanismus ist nicht so einfach. Das wäre mir niemals passiert."

„Viel wichtiger als die Frage, wie sie hergekommen sind, ist doch die Frage, was sie hier wollen", stellte Leonardo fest.

„Ärger machen", vermutete Nepomuk. „So wie alle Geister. Und diese Nacht eignet sich dafür besonders gut."

Anton drängte den Gedanken an all die Menschen zurück, die womöglich gerade durch pure Berührung in Wesen der Dunkelheit verwandelt wurden. „Wo mögen sie jetzt sein?"

Leonardos Gesicht verfinsterte sich. „Man braucht nur der

Spur ihrer Verwüstungen zu folgen. Mit dem Saugenialen Superschraubendreher haben sie unseren Karton manipuliert, um den Nebel gegen uns zu richten. Sie haben Sunas Portal geklaut, um nicht in ihre Welt zurückgeschickt werden zu können." Er tastete nach seiner Tasche, und seine Miene wurde noch eine Spur finsterer. „Und der Schlüssel zu meinem Laden ist weg, wo jede Menge Geisterfallen darauf warten, unbrauchbar gemacht zu werden."

Für einen Moment schauten sie einander an und hörten nichts als das leise Flackern auf Theos unsichtbarem Körper.

„Worauf warten wir noch?", fragte Nepomuk dann und eilte zur Tür. „Gehen wir auf Monsterjagd!"

Mitten im Chaos

Helltoren leuchtete. Die Bewohner hatten ihre Häuser mit solcher Leidenschaft geschmückt, dass Anton den Eindruck bekam, in die Kulisse eines Gruselfilms geraten zu sein. Riesige Spinnennetze zogen sich durch die Vorgärten, brennende Kürbisse schauten in den Abend, und es gab jede Menge Spinnen – sogar mit acht Beinen. Verkleidete Kinder und Erwachsene liefen herum, selbst als Horrorfiguren kostümierte Hunde kamen Anton und seinen Freunden auf dem Weg zu Leonardos Laden entgegen.

„Eins ist sicher", murmelte Nepomuk, der sich nur halbherzig in Antons Rucksack versteckte. „Echte Monster würden unter all diesen Verrückten gar nicht auffallen."

„Sei froh", erwiderte Anton. „Sonst wärest du schon längst entdeckt worden."

Suna nickte. „Und immerhin fangen wir uns heute ausnahmsweise mal keine seltsamen Blicke ein."

„Auf jeden Fall fragen die Leute sich, wie ich mein Kostüm so schön beleuchtet habe", seufzte Theo, als zwei ältere Damen mit Hexenhüten stehen blieben und ihn anstarrten. Leise fügte er hinzu: „Wenn es mal ein Kostüm wäre."

„Aber das ist es doch“, meinte Leonardo. „Ein Geisterkostüm sozusagen.“

„Meine Monsterjägerrüstung ist einfach durch mich durchgefallen“, sagte Theo missmutig. „Genau wie die Kekse, die ich vorhin essen wollte. Zum Glück habe ich mein Blendglas nicht abgenommen, bevor der Geist mich berührt hat.“ Er ließ das Glas aufleuchten und lächelte zum ersten Mal seit seiner Verwandlung.

„Immerhin siehst du aus wie ein Monsterjäger“, meinte Suna. Sie hatte ihre Arme und Beine über ihrem Hexenkostüm streifenweise mit magisch behandelter Wärmefolie umwickelt. „Mich halten die Leute höchstens für eine durchgeknallte Hexe. Mit Lasso allerdings.“ Sie klopfte auf das silberne Lasso an ihrem Gürtel, das ihr schon in so manchem Monsterkampf gute Dienste geleistet hatte.

„Nichts geht über Tarnen und Täuschen“, stellte Nepomuk fest. „Von mir würde man auch nie denken, dass ich der beste Krieger weit und breit bin.“

Anton verkniff sich eine Bemerkung, immerhin sah der Traum immer noch Septimus Frost verteufelt ähnlich. Stattdessen schaute er an sich selbst hinab. Über seinem Werwolf-Kostüm trug er Knie- und Ellbogenschützer und einen Brustpanzer aus miteinander verbundenen Käsereiben. Geister liebten es nämlich, durch ihre Opfer hindurchzusausen, was sich sehr kalt und sehr unangenehm anfühlte und manchmal geradewegs in eine Ohnmacht führte. Sie hassten es allerdings, von Stahl oder Silber zerteilt zu werden – und ein Flug durch eine Käsereibe verwandelte selbst den stärksten Geist kurzzeitig in geriebenen Geisterkäse.

„Apropos Tarnen und Täuschen." Anton zog etwas aus seiner Tasche. „Habt ihr schon meine neuste Erfindung gesehen?" Auf seiner Handfläche hockte ein hamsterähnlicher Roboter. „Eigentlich wollte ich ihn mit Silberkugeln gegen Werwölfe befüllen. Aber stattdessen steckt er jetzt voller Leuchtezauber. Die sind super gegen Geister, weil sie so hell strahlen. Der Hamster bewahrt sie in seinen Backen auf und kann sie blitzschnell ausspucken. Und wenn er voll geladen ist, hat er verblüffende Ähnlichkeit mit Nepomuk im Keksrausch."

Nepomuk schaute auf sein metallenes Ebenbild hinab. „Ich habe eine viel coolere Frisur."

Suna grinste. „Darüber lässt sich streiten."

„Ich würde zu einer Befüllung mit Geisterkörnern raten", stellte Leonardo fest. „Da liegt Nebel aus der Geisterwelt drin, und dadurch sind sie stärker."

„Schon", antwortete Anton. „Aber so mächtige Geschosse dürfen wir in der Burgschule nur unter Aufsicht verwenden. Edwin Sniffel schließt sie bei sich ein."

Da schaute Leonardo an ihm vorbei und erbleichte. Sie hatten seinen Laden erreicht. Das Schild über dem Eingang, auf dem normalerweise *Leonardos Spielwarenladen* stand, hatte sich verändert. Die Buchstaben waren durchgestrichen worden. Darüber stand nun in krakeliger Schrift: *Ihr kommt zu spät!* Der kleine Roboter daneben, der sonst immer fröhlich grinste, hatte jetzt eine Augenklappe und schleuderte mit finsterer Miene Feuerbälle über das Schild.

„Großartig.“ Nepomuk huschte aus dem Rucksack auf Antons Schulter.

Im Laden sah es nicht besser aus. Spiele und Stofftiere waren aus den Regalen gerissen worden, Bücher und Puppen lagen durcheinander, und an der Lampe baumelten Teddybären, die die Geister kopfüber aufgehängt hatten. Den Pflanzen auf der Fensterbank hatten sie Klebeaugen verpasst, und Schleimspuren zierten die Wände.

„Diese verfluchten …“, fing Leonardo an, besann sich dann aber darauf, dass er nicht allein war. Mit finsterer Miene schob er sich durch das Chaos ins Hinterzimmer. Gegen das, was sie hier vorfanden, wirkte der vordere Teil des Ladens beinahe aufgeräumt. Sämtliche Erfindungen waren auf Haufen geworfen worden, einige davon mit rätselhaftem Schmodder überzogen, andere unheilvoll leuchtend. Der Boden glomm unter den vergossenen magischen Tränken, die Leonardo normalerweise in seinen Regalen aufbewahrte. Die Geisterfallen lagen in der Mitte des Raumes, geschmolzen zu fünf verzerrten Abbildern von Anton und seinen Freunden. Und in Leonardos Metallhand steckte der Saugeniale Superschraubendreher – geformt zu einer Banane.

„Haltet euch die Ohren zu", knurrte Leonardo. Anton presste sich die Hände auf die Ohren und hörte nur dumpf den Wutanfall des Erfinders, der jede Menge Schimpfwörter in den Raum brüllte. Dabei wurde Leonardo knallrot – und gleich darauf kreidebleich. Er sackte in seinem Rollstuhl zusammen und schüttelte den Kopf. „Wie konnten sie das nur tun", murmelte er. „All die Arbeit … dahin."

Anton hatte schon den Mund geöffnet, um seinen Freund zu trösten, doch da hüpfte Nepomuk auf dessen Schoß. „Keine Sorge", sagte der Traum. „Jemand, der solche Schimpfwörter kennt, lässt sich von gar nichts unterkriegen. Und nächstes Mal werden die Erfindungen noch besser. Ganz bestimmt."

Leonardo schaute dem Traum in die Augen. Und dann, mit leisem Seufzer, zog er ihn an sich. Nepomuk hob in einem Moment der Verwirrung die Brauen, dann seufzte auch er und schloss die Arme um Leonardo. Anton musste lächeln. Nie hätte er inmitten dieser Zerstörung so ein schönes Bild vermutet wie dieses.

Das Geräusch kam so plötzlich, dass sie alle zusammenzuckten. Theo hob sein Blendglas. Sie waren nicht allein in diesem Zimmer, das spürte Anton auf einmal ebenso wie den kalten Wind, der über seine Haut strich. So leise wie möglich gingen sie um die geschmolzenen Monsterfallen herum – und trauten ihren Augen nicht.

In den Resten einer verbogenen Falle saß ein Geist. Er war nicht besonders groß. Sein durchscheinender Körper hatte die Farbe eines schmutzigen Nebelstreifs, doch sein Gesicht war das eines Jungen mit strubbeligen Haaren. Er hatte rosige Wangen und große schwarze Augen. Zitternd sah er zu Anton und den anderen auf.

„Bitte tut mir nichts", flüsterte er. Seine Stimme klang wie der Wind, der sich nun wie eine Decke um ihn legte. „Ich bin Gustav, und ich bin ein friedlicher Geist. Ganz ehrlich!"

Anton wusste nicht, was er sagen sollte. Normalerweise waren Geister alles andere als gesprächig, und sehr höflich waren sie auch nicht. Er sah seine eigene Verwirrung auf den Gesichtern seiner Freunde gespiegelt. Selbst Nepomuk schien sich zu fragen, ob er ein Trugbild vor sich hatte. Nur Leonardo war die Ruhe selbst – was wohl daran lag, dass er gerade in den Trümmern seines Ladens stand und es ohnehin nicht schlimmer kommen konnte.

„Ich bin Leonardo", sagte er. „Und das sind Anton, Suna, Theo und Nepomuk. Jetzt, wo wir uns vorgestellt haben, wärest du vielleicht so freundlich, mir zu verraten, was zur Hölle du mit meinem Laden gemacht hast!"

Die Schärfe in Leonardos Stimme ließ Gustav noch eine Spur bleicher werden. „Das war ich nicht“, wisperte er. „Das waren die anderen!“

Ein Schauer lief über Antons Rücken, als er an die schemenhaften Gestalten dachte, die er im Wohnzimmer gesehen hatte.

„Aber ich bin nicht wie sie“, fuhr Gustav fort. Sein Blick flog zu Suna hinüber. „Erkennst du mich denn nicht?“

„Nein, ich ...“ Suna hielt inne. „Dieser Wind ... gehört der zu dir?“

Der Wind brauste auf, als er sich in Gustavs Schoß zusammenballte. Jetzt sah er aus wie eine kleine graue Wolke, und in ihrer Mitte entstanden zwei neugierige Augen, rund wie Hagelkörner. „Das ist Stürmchen“, erklärte Gustav. „Mein Hauswind.“

Nepomuk lachte. „Willst du uns auf den Arm nehmen?“

„Das würde ich nicht schaffen“, erwiderte Gustav. „Ich bin nur ein ziemlich schwacher Geist. Ich habe nicht mal einen Zusatznamen für besondere Verdienste. Wir Geister haben keine Hunde oder Katzen als Haustiere, das wäre ja auch ziemlich seltsam. Stellt euch mal einen Geist mit einem Hund an der Leine vor! Stattdessen haben wir Hauswinde. Oder Hauswolken. Meine Großtante hat Cumulli, das ist eine pechschwarze Gewitterwolke. Sie isst gern Hagelkorntorte und ...“

Leonardo hob abwehrend die Hand. „Wenn ich jetzt auch noch von tortenessenden Gewitterwolken höre, verliere ich den Verstand.“

„Stürmchen kommt mir bekannt vor“, sagte Suna. „Ich dachte, ich hätte ihn im Traum gehört, aber jetzt bin ich mir nicht mehr sicher.“

„Das war kein Traum“, murmelte Gustav. „Ich bin ja jederzeit in deiner Nähe. Da bleibt es nicht aus, dass du ab und an mal was von mir mitbekommst, und in den Nächten vor Halloween werden die Schleier zwischen den Welten langsam dünner …"

„Wieso bist du jederzeit in Sunas Nähe?", fragte Theo.

„Weil ich auf ihr Portal aufpasse", entgegnete Gustav. „Auf der Seite der Geisterwelt."

Suna riss die Augen auf. „Du bist der andere Wächter?"

„Normalerweise nehme ich meine Arbeit sehr ernst", versicherte Gustav schnell. „Aber heute Abend, da …" Seine Augen fingen an zu glänzen. Er sah mitleiderregend aus. „Die anderen haben mich provoziert! Sie haben behauptet, dass ich ein Angsthase wäre und mich nicht in die Menschenwelt traue. Was kein Wunder wäre, immerhin seid ihr Menschen ziemlich furchterregend."

Anton hob die Brauen. „Wer sind denn die anderen?"

Gustav schnaubte. „Hauke der Hinterhältige Halunke. Sibille die Schreckliche Sirene. Und natürlich Arthur der Abscheuliche. Der mit der Narbe. Das ist ihr Anführer. Ich dachte, er wäre über die Ferien weggefahren, aber offenbar habe ich mich geirrt. Jedenfalls habe ich das Portal geöffnet."

Suna presste die Zähne so fest aufeinander, dass es leise knirschte. „Wie konntest du das tun? Ich habe doch immer aufgepasst!"

„Schon", murmelte Gustav. „Aber ich bin ein Geist, und an Halloween sind unsere Kräfte größer. Du hast geschlafen, da habe ich die Chance genutzt und …" Er seufzte tief. „Ich bin ganz schnell in die Menschenwelt gehuscht, um den anderen zu beweisen, dass ich mich das sehr wohl traue. Auf dem Rückweg kamen sie mir schon entgegen. Da wusste ich, dass sie alles geplant hatten, um selbst in die Menschenwelt zu gelangen. Ich habe versucht, sie zurückzuschicken, aber sie waren stärker. Ich konnte nicht verhindern, was sie getan haben. Stattdessen bin ich selbst in die Falle gegangen, denn …" Er seufzte wieder. „…ich bin schließlich auch ein Geist. Und diese Falle fängt nun einmal Geister."

Anton kratzte sich am Kopf. „Aber was wollen Hauke, Sibille und Arthur hier?"

„Ärger machen", antwortete Nepomuk sofort. „Wie oft soll ich euch das denn noch sagen?"

Doch Gustav sah ihn mit großen Augen an. „Sie wollen nicht einfach nur Ärger machen. Sie wollen das Fulminante Feuerwerk stehlen."

„Edwin Sniffels Feuerwerk?", fragte Anton atemlos.

Suna wurde blass, und auch Theos Farbe verwandelte sich in ein fahles Himmelblau. Nepomuk zog die Brauen zusammen. „Kann mir mal einer verraten, worum es dabei geht?"

„Das Fulminante Feuerwerk ist eine mächtige Erfindung", erklärte Leonardo mit finsterer Miene. „Es wurde aus dem Holz und den Früchten des Zauberbaums gemacht – dem Baum, der an der Grenze zur Geisterwelt wachsen soll. Aus ihm sind mehrere magische Artefakte entstanden. Sunas Uhr zum Beispiel."

„Wo der Zauberbaum sich tatsächlich befindet, weiß allerdings keiner so genau", meinte Theo. „Edwin Sniffel sagt immer: *Der Baum ist überall, wo sein Geist Magie erweckt.* Was auch immer das bedeuten soll."

„Jedenfalls wird das Fulminante Feuerwerk von Edwin Sniffel oft bei Festen benutzt", fuhr Leonardo fort. „Und zwar, um die Lehrer nachzuformen. Einmal hat er Septimus Frost zwei Nasen gezaubert, der war nicht amüsiert. Ich vermute, dass Arthur und seine Freunde weniger lustige Sachen damit vorhaben."

Gustav nickte. „Sie haben vom kopflosen Reiter geredet, den sie durch Helltorens Straßen galoppieren lassen wollen. Von Höllenhunden. Und jeder Menge anderer Schreckgestalten. Sie möchten die Menschen in Angst und Schrecken versetzen. Und das ist noch nicht alles."

Antons Mund wurde staubtrocken. „Was denn noch?"

„Einige Menschen wurden schon in Monster verwandelt", sagte Gustav mit einem Seitenblick auf Theo. „Und zwar mit der Kraft von Halloween. Wenn die Verursacher nicht vor dem Morgengrauen wieder in ihre Welt geschickt werden, bleibt nicht nur das Feuerwerk mit all seinen Spukgestalten bestehen. Auch die Menschen behalten ihre neue Gestalt. Sie bleiben Monster. Für immer."

Es wurde so still, dass nur Stürmchens leises Wispern zu hören war.

„Das ist entsetzlich", flüsterte Suna und sprach damit aus, was alle dachten. „Sie wollen Helltoren in eine Stadt der Monster verwandeln!"

Geisternebel

Theo ließ sich rücklings auf einen Stuhl fallen – und plumpste prompt durch ihn hindurch auf den Boden. „Autsch", schnaufte er.

„Kleiner Tipp", sagte Gustav betreten. „Du musst dir erst einmal *vorstellen*, wie es ist. Dann erinnert dein Körper sich daran, dass er mal auf einem Stuhl sitzen konnte. Und es wird funktionieren."

Theo starrte ihn an. Dann rappelte er sich hoch und ließ sich vorsichtig auf dem Stuhl nieder. Dieses Mal landete er nicht am Boden. Trotzdem sah er alles andere als glücklich aus.

„Ich kann doch kein Geist bleiben", flüsterte er. „Egal ob ein echter oder nur ein verkleideter. Unsichtbar ist unsichtbar."

Suna nickte mitfühlend. „Und alles nur, weil du mir helfen wolltest, mein Portal zu beschützen. Das tut mir so leid."

„Schon gut", meinte Theo. „Wir sind schließlich Freunde. Wenn wir uns nicht gegenseitig helfen, wer denn dann?"

„Und außerdem sind wir Monsterjäger", fügte Anton hinzu. „Wir werden die Geister aufhalten, das ist doch klar." Er hörte es selbst, das leichte Zittern in seiner Stimme, und räusperte sich. „Außerdem kommen die Geister nicht in die Burgschule. Dafür sorgen die Abwehrzauber, die Herr Honorus auf die Mauern gelegt hat. Also können sie das Fulminante Feuerwerk gar nicht stehlen."

„Jeder Abwehrzauber hat seine Schlupflöcher", murmelte Nepomuk dunkel.

„Und außerdem kommen wir Geister so ziemlich überall rein", ergänzte Gustav. „Vor allem heute Nacht."

„Aber Edwin hat seine besten Erfindungen in seiner magischen Kammer eingeschlossen", sagte Leonardo. „Da bewahrt er nicht nur das Fulminante Feuerwerk auf, sondern auch Geisterkörner und den mächtigen Spiegelzauber."

„Spiegel", schauderte Gustav. „Schrecklich."

Leonardo lächelte. „Und den Schlüssel zu dieser Kammer habe ich."

„Es ist nur eine Frage der Zeit, bis die anderen das rausfinden", wisperte Gustav. „Und dann werden sie dich jagen!"

„Leider habe ich ihnen wenig entgegenzusetzen, weil sie ein paar meiner besten Erfindungen geschmolzen oder geklaut haben", knurrte Leonardo. „Den Kaugummiwerfer zum Beispiel. Es ist kein Vergnügen, davon getroffen zu werden, das kann ich euch sagen."

„Wir haben keine starken Waffen", murmelte Anton. „Und keine Fallen, um die Geister fangen zu können."

„Geisternebel würde helfen", überlegte Suna. „Er nimmt den Geistern die Kräfte."

„Und er sieht ganz wunderbar als Tupfer an der Wand aus", meinte Nepomuk. „Die Flecken dort sind nämlich alles, was von Leonardos Vorräten noch übrig ist. Die Geister haben ihn in weiser Voraussicht verschüttet."

„Wir könnten ihn wiederbeschaffen", sagte Leonardo. „Dafür müssten wir nur eine ganz bestimmte Person um Hilfe bitten."

Anton holte im selben Moment wie seine Freunde tief Luft. „Furiosa Flammentanz", riefen sie wie aus einem Mund. „Die Hexe von Helltoren."

Offiziell lebte Furiosa Flammentanz als Försterin im nahe gelegenen Wald. Aber die Monsterjäger wussten, was in ihr steckte. Mehrfach hatte sie der Burgschule bereits Hexentränke und Zaubermittel gebraut und dabei nicht nur die Schüler, sondern auch die Lehrer mit ihrer ruppigen Art in Angst und Schrecken versetzt. Jeder wusste, dass sie nur mit den Fingern zu schnipsen brauchte, um einen Menschen in einen Frosch zu verwandeln. Und bis heute hatte niemand herausgefunden, ob ihr Mitbewohner, ein Waschbär, immer schon ein Waschbär gewesen war.

„Ebendiese", nickte Leonardo. „Sie ist die Einzige, die den Geisternebel in angemessener Zeit herstellen kann. Jedenfalls, wenn sie die passenden Zutaten bekommt, die wir vorher besorgen müssten."

„Aber Furiosa Flammentanz lebt im Wald." Suna fröstelte. „Da, wo heute Nacht die Werwölfe ihr Unwesen treiben."

Theo schluckte schwer, und Anton musste sich zwingen, die Schultern zu straffen.

„Wir haben keine andere Wahl. Wir müssen die Geister

aufhalten, und ohne den Nebel schaffen wir das nicht. Aber wir werden ihn bekommen. Gemeinsam."

Er schaute seinen Freunden in die Augen. Nacheinander nickten sie, selbst Gustav neigte kaum merklich den Kopf.

„Na klar." Nepomuk brachte ein schiefes Lächeln zustande. „Wer, wenn nicht wir?"

Übernatürlich schräg

Niemand achtete auf sie, als sie in Richtung Buchladen liefen. Nur einmal rannte ein kleiner Junge geradewegs durch Gustav hindurch, was dem Kind ein Kichern entlockte, den Geist allerdings dazu brachte, sich panisch an Nepomuks Arm zu klammern.

„Nichts gegen deine Geisterkälte", sagte der Traum. „Aber meine Augenbrauen vereisen, und ich bin nicht so der Kuscheltyp. Mit anderen Worten: Lass mich sofort los!"

Gustav wich zurück, allerdings nur einen Fingerbreit. Stürmchen kreiste ausgelassen um ihn herum, aber der Geist schaute mit großen Augen auf die fröhlichen Menschen. „Sie sind überall", wisperte er. „Das ist ja schlimmer als jeder Albtraum!"

„Nichts gegen Albträume", knurrte Nepomuk. „Und so schlimm sind Menschen nun auch wieder nicht. Immerhin haben sie Schokolade erfunden."

„Aber sie atmen so laut." Gustav schob sich wieder näher an Nepomuk heran. „Sie verbreiten eine unerträgliche Wärme. Und dann diese Herzschläge! Die sind laut wie Donner!"

„Entschuldige, dass wir lebendig sind", murmelte Suna. „Jedenfalls noch."

„Ich fühle mich nicht so“, sagte Theo. „Liegt vielleicht am Leuchten.“

„Wir haben einen Plan“, erinnerte Leonardo sie. „Und den lassen wir uns nicht kaputt machen.“

Er sagte das mit der gleichen Überzeugung, mit der er vor einigen Wochen eine Saftschleuder gebaut hatte, mit der man auch Wäsche trocknen konnte – und die leider nach einmaligem Gebrauch in ihre Einzelteile zerbrochen war. Anton verzichtete darauf, seinen Freund daran zu erinnern, und schaute stattdessen auf den Zettel in seiner Hand. *Zutatenliste* stand in Leonardos geschwungener Schrift darauf. Und darunter all das, was die Hexe für den Geisternebel brauchen würde:

„Zum Glück konnten wir die ersten beiden Punkte schon abhaken“, stellte Anton fest.

„Dank mir.“ Nepomuk bohrte seinen Ellbogen in Gustavs Seite, um den Geist auf Abstand zu halten. „Glitzer habe ich genug. Und netterweise habe ich mich um deine Ameisenstraße gekümmert.“

„Du hast wochenlang alles vollgekrümelt“, sagte Anton. „Deswegen sind sie überhaupt erst in mein Zimmer gekommen.“

„Das Leben ist ein Geben und Nehmen“, gab Nepomuk zurück. „Ohne sie hättest du jetzt keine Spucke bekommen.“

Suna tippte auf die Liste. „Fehlen noch Vollmondgras und Bücherstaub.“

„Im Buchladen gibt es jede Menge Staub“, ergänzte Theo. „So ziemlich überall.“

„Da sind wir.“ Anton warf seinen Freunden einen Blick zu. „Benehmt euch so unauffällig wie möglich. Wir gehen nach hinten in die Geschichtsabteilung.“

„Hoffentlich beachtet mich keiner“, murmelte Theo. „Ich will niemandem Angst machen.“

„Keine Sorge“, meinte Suna. „Du siehst eher aus, als würdest du den Preis fürs beste Kostüm gewinnen wollen.“

„Vielleicht haben wir Glück, und die Lesung hat schon angefangen“, raunte Anton. „Dann fallen wir gar nicht auf.“

Sie hatten kein Glück. Anton öffnete die Ladentür – und stolperte mitten in eine Menschentraube. So voll hatte er den Laden zuletzt gesehen, als die nahe gelegene Bäckerei einen

Wasserrohrbruch gehabt hatte und die Törtchen im Buchladen verkauft worden waren. Nepomuk und Gustav huschten blitzschnell mit Stürmchen hinter das Matratzenlager. Überall standen Menschen, schlürften die schrecklich klebrige Vampirbowle, die Antons Mutter extra für die Lesung zubereitet hatte – und starrten Anton und seine Freunde an. Zwar waren einige von den Besuchern verkleidet. Aber so extravagant wie die Monsterjäger hatte sich niemand aufgebrezelt.

„So viel zu *unauffällig*." Theo legte die Hand auf den Flammenwerfer, als könnte er ihn so verbergen.

„Anton!" Sein Vater drängte sich zu ihnen hindurch. „Was macht ihr denn hier?"

„Ach", erwiderte Anton. „Wir wollten nur mal sehen, ob sich hier Geister verstecken. Haha!"

Sein unnatürliches Lachen wurde von Theo und Suna aufgenommen, was das Ganze noch schlimmer machte.

Leonardo räusperte sich. „Genau. Wenn hier jemand einen Geist gesehen hat, nur raus damit! Wir sind nämlich heute die Monsterjäger der Stadt."

Er grinste, aber immer noch schauten die Besucher mit erhobenen Brauen von einem zum anderen. Hinter dem Tresen entdeckte Anton seine Mutter, die ihn fragend ansah, und gerade wollte er den Rückzug antreten, als ein raues Lachen erklang. Jemand drängte sich durch die Menge.

Es war ein kleiner, dünner Mann mit wild vom Kopf abstehenden Haaren. Er musste etwa Ende fünfzig sein, aber sein Blick war jungenhaft. „Na endlich!“ Er blieb vor Anton und den anderen stehen. „Ich dachte schon, ich müsste die Monster aus meiner Geschichte heute Nacht ganz allein bändigen.

Besonders Tiffany macht es mir manchmal nicht leicht. Lasst euch vom Namen nicht täuschen: Sie hat es faustdick hinter den Ohren. Und davon besitzt sie sechs, denn sie hat drei Köpfe." Er kicherte. „Gut, dass ihr da seid!"

Anton begriff, dass es sich bei dem Kerl um Steffen König handeln musste, und er hörte erleichtert, dass die Leute ringsum sich lachend wieder ihren Gesprächen zuwandten. Ganz im Gegensatz zu Steffen König, der sie noch immer mit leuchtenden Augen betrachtete.

„Eure Anzüge – großartig!", schwärmte er. „Da kann ich mir ja glatt Inspiration für neue Werke holen. Ist das eine Käsereibe?"

Anton nickte. „Genauer gesagt, eine Geisterreibe. Die mögen es nicht, geraspelt zu werden."

„Verständlich", erwiderte Steffen König mit einer Miene, als wäre es das Normalste auf der Welt, über die Raspelvorlieben von Geistern zu sprechen. „Das ist sicher genauso schlimm, wie von einem Riesenkakadu eingeatmet und verdaut zu werden. So bin ich mal einen Geist losgeworden. In einer Geschichte natürlich."

Er grinste, als wäre es keinesfalls sicher, dass das Ganze nur auf dem Papier passiert war. Dann kritzelte er in der unleserlichsten Schrift der Welt etwas in ein Notizbuch – nicht ohne jedoch immer wieder zu Anton und seinen Freunden aufzublicken, als wären sie Anschauungsobjekte unter einem Mikroskop.

„Herr Kööönig", flötete da eine Stimme von hinten.

Anton bemerkte noch, wie Steffen König einen Seufzer ausstieß. Dann drängelte sich auch schon eine rundliche Dame in rosafarbenem Kostüm heran. Es war Frau Hempele, die Vorsitzende der Historischen Gesellschaft. Sie glaubte weder an Geister noch an andere Monster, und auch für Fabelwesen hatte sie nicht das Geringste übrig. Das ging so weit, dass sie ein Einhorn-Graffiti von der Halfpipe hatte entfernen lassen, weil sie Einhörner einfach nicht ausstehen konnte. Dafür hatte sie, wie Anton von seinem Vater wusste, eine Schwäche für einen ganz bestimmten Horrorautor. Jetzt blieb sie dicht neben Steffen König stehen und warf einen Blick in das Notizbuch.

„Schreiben Sie an einem neuen Roman?“, fragte sie, ohne Anton und die anderen zu beachten.

„Immer“, gab Steffen König zurück. „Helltoren ist eine unerschöpfliche Quelle der Inspiration.“

Frau Hempele kicherte, als hätte er statt Helltoren ihren Namen gesagt. „Aber Sie müssten wirklich nicht ausgerechnet im Spukhaus nächtigen. Es ist zwar historisch, aber doch ein wenig gruselig. Früher soll es dort tatsächlich gespukt haben, wussten Sie das?“

„Ich hörte davon.“

„Aber dann hat ein Lehrer der Burgschule dort übernachtet“, fuhr Frau Hempele fort. „Er soll so laut geschnarcht haben, dass alle Geister freiwillig ausgezogen sind.“

Sie kicherte wieder, und Anton musste sich auf die Lippe beißen, um nicht loszulachen. Wenn Edwin Sniffel wüsste, wie gerade über seinen Monsterkampf mit Orpheus berichtet wurde, wäre er alles andere als begeistert.

„Leider wurde das Haus die Gerüchte nicht los“, seufzte Frau Hempele. „Früher sind da sogar Jugendliche eingebrochen und haben alte Manuskripte und so geklaut. Darunter auch die *Ode an die Farben* von Orpheus, dem berühmten Barden, der dort mal gelebt hat.“

Steffen König klappte sein Notizbuch zu. „Interessant. Aber vielleicht sollten wir ...“

Doch Frau Hempele war in ihrem Element. Sie hatte eine Schwäche für alles, was alt war, und holte schon Luft, um mit ihrem Vortrag fortzufahren, als Antons Vater sich herüberbeugte.

„Wenn ihr bleiben wollt, sucht euch einen Platz“, sagte er zu Anton und seinen Freunden. „Die Lesung geht jetzt gleich los.“

„Ach, wir stellen uns nach hinten“, antwortete Leonardo schnell. „Da können wir den Überblick behalten.“

„Ich werde alles tun, damit euch nicht langweilig wird. Mit Monstern kenne ich mich aus.“ Steffen König lachte und ließ eine Reihe hervorstehender Zähne sehen.

Suna lächelte schief. „Das ist toll. Da kommen wir ja genau richtig.“

Der Autor ließ Frau Hempele voraus zur Bühne gehen. Dann drehte er sich noch einmal um. „Aber sorgt dafür, dass die Kleinen hinter den Kissen bleiben“, raunte er Anton zu. „Albträume und echte Geister würden die Leute hier nur in

Panik versetzen." Er zwinkerte und machte sich auf den Weg durchs Gewühl.

Anton sah noch, wie sein Vater ihm nachlief, während die Zuschauer ihre Plätze aufsuchten. Dann wandte er sich an Nepomuk und Gustav. „Wieso zur Hölle kann Steffen König euch sehen?"

„Es gab immer schon Menschen, die Übernatürliches spüren konnten", raunte Nepomuk. „Und offenbar gehört unser Star-Autor dazu."

Theo biss sich auf die leuchtende Unterlippe, als Steffen König auf der Bühne Platz nahm. „Er sieht selbst irgendwie übernatürlich aus. Übernatürlich schräg."

„Er ist eben ein Künstler." Suna zuckte mit den Schultern. „Lasst uns den Staub holen und abhauen!"

So unauffällig wie möglich näherten sie sich der Geschichtsabteilung. Aber schon ein Blick in die ersten Regale genügte, um Anton stöhnen zu lassen. „Verdammt. Wieso muss mein Vater ausgerechnet heute einen guten Eindruck machen wollen?"

„Was ist denn los?", fragte Suna.

Anton strich über ein Buch. „Blitzsauber! Hier finden wir keinen Bücherstaub mehr."

Er schaute zu seinem Vater hinüber, der gerade auf die Bühne stolperte und mit roten Wangen die Lesung ankündigte. In den Händen hielt er sein uraltes Erstexemplar von *Tiffany* wie einen Schatz, und Anton bemerkte, dass seine Mutter mit ebenfalls roten Wangen zu seinem Vater sah. Er verdrehte die Augen. Eltern konnten echt peinlich sein.

„Was machen wir denn jetzt?", flüsterte Theo. „Wir brauchen Bücherstaub! Sonst kriegen wir den Geisternebel nie!"

Leonardo kratzte sich am Kopf. „Wir könnten bei mir auf dem Dachboden nachsehen. Vielleicht finden wir dort noch ein paar alte Kochbücher. Deren Staub soll zwar nicht besonders mächtig sein, aber …"

Da strömte eiskalter Wind über sie hinweg. Antons Blick flog durch den Raum. Seine Eltern standen aneinandergelehnt vor dem Tresen, die Leute sahen aufmerksam nach vorn, Steffen König begann zu lesen … und die Tür fing an zu flackern. Anton hielt den Atem an.

„Verdammt", wisperte Suna neben ihm. Schon glitten zwei Gestalten durch die Tür, ohne sie zu öffnen. Ihre Körper waren durchscheinend, und ihre Namen hallten in Anton wider. Hauke und Sibille. Letztere hielt den Kaugummiwerfer in den Händen. Mit boshaftem Grinsen schauten die beiden über die Menge. Anton fröstelte.

Die Geister waren da.

Nur ein Spiel

Blitzartig versteckten Anton und die anderen sich hinter den Bücherregalen. Stürmchen wurde dabei zu einem Wolkenhut mit Augen auf Gustavs Kopf, und Gustav machte sich so klein, dass er in Nepomuks Armbeuge passte. Die anderen Besucher schienen die Geister nicht zu bemerken, und Steffen König hatte die Nase so tief in sein Buch gesteckt, dass er nichts mehr mitbekam. Sibille und Hauke hingegen schauten noch immer suchend über die Köpfe, und jetzt bemerkte Anton, dass sie nicht allein waren. Um Sibilles Beine herum schlängelte sich ein dunkler Nebelstreif. Zwei glimmende Schlitze darin erinnerten an Augen.

„Das ist Tenebrae", wisperte Gustav. „Sibilles Hausfinsternis. Praktisch, wenn der Mond zu hell ins Fenster scheint. Aber auch ziemlich bissig."

Wie zum Beweis ließ Tenebrae eine Reihe blitzender Zähne sehen.

„Was wollen die hier?", flüsterte Suna.

„Uns", raunte Nepomuk.

Gustav reckte den Kopf. „Arthur ist nicht dabei. Jede Wette, dass er gerade versucht, einen Weg in die Burg zu finden.

Und er wird es schaffen. Er schafft immer alles, was er sich vornimmt."

„Wie sympathisch", murmelte Nepomuk. „Nicht. Ich hatte schon immer ein Herz für Verlierer."

„Und währenddessen suchen seine Freunde uns", hauchte Theo. „Damit wir ihm nicht in die Quere kommen."

Hauke und Sibille setzten sich in Bewegung. Mit Tenebrae glitten sie durch die Reihen. Sibille strich einem bärtigen Mann über die Wange. Der fröstelte … und sein Körper wurde durchscheinend. Er selbst schien nichts davon zu merken, aber Anton ballte die Hände zu Fäusten.

„Wir sind Monsterjäger", raunte er. „Wir müssen die Menschen beschützen!"

„Und ganz wehrlos sind wir nicht." Theo legte die Hand auf sein Blendglas.

Leonardo tippte auf seinen Armlehnen herum, worauf ein rotes Licht den Rollstuhl in unheilvollen Glanz tauchte. Es sah aus, als könnte er sich jede Sekunde in eine Rakete verwandeln. „Wir sind in der Überzahl. Das müssen wir nutzen."

Anton nickte. „Wir werden sie aus dem Laden locken, weg von den Menschen. Wir müssen nur aufpassen, dass sie uns nicht fangen!"

Nepomuk seufzte. „Gut, dass wir in Helltoren so viele Verstecke kennen. Aber in die Kacktonne von Bauer Franz springe ich nicht noch mal."

Fast musste Anton lachen, als er daran dachte, wie Nepomuk auf der Suche nach Ostereiern versehentlich in der be-

rüchtigten Güllegrube von Bauer Franz gelandet war. Er hatte noch tagelang so sehr gestunken, dass sogar Antons Mutter ihn gerochen hatte. Natürlich hatte sie geglaubt, dass der bestialische Geruch von Anton gekommen war, und ihm verdauungsberuhigenden Tee verabreicht. Nepomuk grinste, als hätte er auch gerade daran gedacht.

Dann berührte Anton den Hamster-Roboter, der sich an seinem Arm festhielt. Suna und Theo hasteten zwischen den Regalen entlang, und Anton trat hinter Leonardo aus dem Versteck.

Die Geister sahen sie sofort. Sibille feuerte den Kaugummiwerfer ab, dessen Geschoss direkt hinter Anton an einem Regal zu ekelhaftem Schleim zerplatzte. Die Zuschauer raunten beeindruckt; offenbar hielten sie das für einen Special Effect. Tenebraes Augen aber glühten auf, und sie schoss als Nebelfetzen geradewegs auf Anton und Leonardo zu.

Anton riss den Hamster hoch, grelle Lichtkugeln jagten durch Tenebrae hindurch. Sie fauchte, als ihr schwarzer Körper sich an den Einschusslöchern bunt verfärbte. Sibille sauste durch die Vampirbowle, um den Kugeln zu entkommen. Knisternd schlugen die Geschosse in der Efeutute ein, die auf Steffen Königs Lesungstisch stand. Die Zuschauer klatschten, und der Autor machte ein Gesicht, als hätte er diesen Zauber höchstselbst gewirkt.

„Verfluchter Mensch“, zischte Sibille, die mit klatschnassen Haaren hinter dem Bowlentopf auftauchte. Offenbar hatte das Licht der Leuchtezauber dafür gesorgt, dass sich ihr Körper etwas verfestigt hatte – genug jedenfalls, um die Bowle an ihr haften zu lassen. Ihre Füße klebten am Boden fest. Entsetzt starrte sie auf die Fäden, die die Bowle zwischen Dielen und Geistersohlen hinterließ.

Gleichzeitig erklangen erschrockene Rufe der Zuschauer. Tenebrae glitt mit funkelnden Augen durch die Reihen, und offenbar dämmerte es den ersten, dass dieses Schauspiel nicht zur Lesung gehörte. Hauke berührte Steffen König an der Schulter, worauf dieser wie mechanisch weiterlas. Dann schwebte der Geist auf Antons Eltern zu. Anton stieß einen Schrei aus.

Hauke streckte die Hand nach seiner Mutter aus. In letzter Sekunde sprang Antons Vater vor und hob seine Erstausgabe von

Tiffany, in der Hauke tiefe Kratzer hinterließ. Anton riss seinen Hamster hoch. Er traf Hauke mitten in die Brust. Der wirbelte herum und ließ Schneeflocken durch den Raum wirbeln. Die Kälte schlang sich um Antons Körper. Die Kiefergelenke seines Roboters knirschten, er sah seine Eltern, die einander festhielten, und Sibille, die den Kaugummiwerfer auf ihn richtete – und da glühte Leonardos Rollstuhl auf. Er hob sich ein Stück in die Luft, von den rotierenden Rädern schossen Blitze in alle Richtungen. Der Kaugummiwerfer wurde Sibille ins Gesicht geschleudert, und ein Lichtreflex schnitt Haukes Geisterleib in zwei Hälften. Er riss noch die Augen auf, dann wurde sein Unterkörper zu Nebel und sein Oberkörper stürzte kreischend zu Boden. Gleichzeitig sprangen die Zuschauer auf, panische Schreie zerfetzten die Luft.

„Anton", zischte Nepomuk. „Raus hier!"

Anton sah noch, wie seine Eltern ihn anblickten, die Augen erschrocken aufgerissen, und nur ein Gedanke blieb in seinem Kopf: Er musste sie beschützen – er musste die Geister von hier weglocken. So schnell er konnte, rannte er hinter Leonardo zur Tür. Doch Tenebrae versperrte ihnen den Weg, und gleich darauf kreischte Sibille in schrecklichen Tönen auf.

Sie hob den Kaugummiwerfer, doch da sprangen Suna und Theo hinter den Bücherregalen hervor. Theo umfing Sibille mit dem Schein seines Blendglases, und Suna schlang ihr Lasso um Haukes Oberkörper, der gerade versuchte, sich wieder mit seinen Beinen zu verbinden. Die Magie der Waffe

raubte ihm einen Großteil seiner Kraft, ehe er ihrem Griff entkam. Doch er schlug um sich und traf gleich mehrere Menschen, deren Körper durchscheinend wurden. Anton griff nach der Türklinke – und sah im selben Moment das Grinsen auf Sibilles Gesicht.

Bis gerade eben hatte Anton geglaubt, ihnen entwischen zu können. Aber jetzt, als er auch Hauke lachen sah, wurde ihm klar, dass alles bisher nur ein Spiel gewesen war. Hauke richtete sich so mühelos auf, als wäre er nie auseinandergeschnitten worden, und Sibille streifte die klebrige Bowle ab wie einen Seidenschleier. Tenebrae grinste grinsekatzenbreit. Dann öffnete Sibille den Mund, und eiskalter Nebel floss über ihre Lippen … rot wie Blut.

Der Frostzauber schoss Antons Kehle hinab. Er bekam kaum noch Luft. Leonardo und die anderen husteten heftig, selbst Gustav keuchte. Hilflos musste Anton zusehen, wie Sibille und Hauke durch die Reihen der Zuschauer flogen, etliche von ihnen unsichtbar werden ließen und dann vor der Bühne innehielten. Kurz nur sahen sie sich zu Anton und seinen Freunden um, und er begriff, dass sie nicht gekommen waren, um mit ihnen zu kämpfen. Das hatten sie gar nicht nötig.

Tenebrae legte sich wie ein Mantel um Steffen Königs Schultern. Sibille strich über seine Wange, während weiterhin mechanisch die Worte seiner Geschichte über seine Lippen kamen. Hauke hingegen blies seinen Geisteratem durch das Buch – und im selben Moment formten Steffen Königs Worte sich vor der Bühne zu einer Gestalt.

Es war die Figur, von der er gerade noch gelesen hatte: eine löwengroße Höllenkatze mit drei Köpfen und unheilvoll glühenden Augen. *Tiffany*. Die Katze stieß ein markerschütterndes Brüllen aus.

Dann richtete sich jeder ihrer Blicke auf Anton und seine Freunde.

Tiffany

Noch nie hatte Anton einer Höllenkatze gegenübergestanden. Aber jetzt, da Tiffany langsam ihre drei Köpfe neigte und knurrte, begriff er, warum sein Vater sie unheimlich gefunden hatte.

„Weg“, schnaufte Nepomuk, dessen Selbstbeherrschung sich angesichts der furchterregenden Köpfe ihrem Ende näherte. „Weg hier!“

Er schickte einen Funken sprühenden Flammenschwarm durch den Raum. Traummagie lag darin, die Zuschauer würden jede Sekunde in tiefen Schlaf fallen. Wenn alles gut ging, würden sie glauben, alles nur geträumt zu haben … und am Morgen als gewöhnliche Menschen aufwachen. Jedenfalls, wenn Anton und seine Freunde ihren Job machten. Der Gedanke gab ihm Kraft. Er warf noch einen letzten Blick auf seine Eltern, die gerade auf das Matratzenlager sanken. Dann sprang er durch die Tür in die Nacht.

Suna und Theo schlossen zu ihm auf, Leonardo raste in seinem fliegenden Rollstuhl neben ihnen her, und Nepomuk sauste vorneweg. Gustav hatte wieder seine normale Größe angenommen und hielt sich mit Stürmchen an Nepomuks Seite. Hinter ihnen splitterte Glas. Dann ertönte ein mark-

erschütterndes Brüllen, gefolgt vom Beben des Bodens unter einem schweren, rennenden Körper. Anton warf einen Blick zurück. Noch nie hatte er seinen Vater und dessen Katzenphobie so gut verstanden wie in diesem Moment.

„Das Vieh ist unverwundbar", keuchte Theo, als sein Blendglaszauber wie ein Glitzerregen über Tiffanys struppiges Fell funkelte und nicht das Geringste ausrichtete. Auch Antons Hamsterkugeln hinterließen nur bunte Flecken auf Tiffanys Körper. Und verstärkten deren Wut.

„Wir müssen uns verstecken", rief Suna. „Das ist unsere einzige Chance!"

„Ich habe mich noch nie so sehr nach der Kacktonne gesehnt", erwiderte Nepomuk. „Aber diese Katze würde der Gestank nicht abhalten. Da bin ich mir sicher."

„Sie ist eine Figur aus einer Geschichte." Leonardo drückte einen Knopf an seinem Rollstuhl und schickte einen Funkenregen hinter sie, der Tiffanys Lauf zumindest kurz verlangsamte. „Eine Idee. Gegen die können wir nichts ausrichten."

„*Es gibt nichts Mächtigeres als eine Idee, deren Zeit gekommen ist*", sagte Gustav. „Das stammt von Victor Hugo."

„Interessant." Nepomuk schickte einen Schwall Traumstaub auf Tiffany, die wütend nieste und sonst völlig unbeeindruckt blieb. „Es geht doch nichts über einen literarischen Exkurs im Angesicht einer Höllenkatze! Wieso zur Hölle kennst ausgerechnet du dich mit einem Dichter der Menschen aus?"

Gustav wurde ein wenig rot, aber er kam nicht zu einer Antwort. Denn jetzt setzte Tiffany zum Sprung an und kam ihnen gefährlich nah.

„Da lang", keuchte Anton. „Die Schule!"

Noch nie hatte er seine alte Schule mit solcher Erleichterung gesehen. Ehrwürdig tauchte sie am Ende der Straße auf, und als Anton mit seinen Freunden über den Schulhof hetzte und Nepomuk das schmiedeeiserne Tor hinter ihnen zuwarf, fühlte er sich schon fast in Sicherheit. Aber kaum riss er die Eingangstür auf, rannte Tiffany einfach durch das Tor hindurch. Das Quietschen von Metall erfüllte die Luft. Atemlos schlug Anton die Tür hinter ihnen zu und schleuderte mehrere Leuchtekugeln gegen den Rahmen, der kräftig aufglühte und die Hiebe der Höllenkatze tatsächlich abzuhalten schien. Anton und seine Freunde wichen zurück, die Blicke fest auf die Tür gerichtet. Wieder holte Tiffany aus – und dieses Mal splitterte der Rahmen.

„Lauft!", rief Anton.

Sie rannten den Flur hinab. Hinter ihnen flog die Tür aus den Angeln. Sie liefen durch die naturkundliche Sammlung mit all ihren Skeletten und landeten in einem der Archive.

Wieder verbarrikadierten sie die Tür, schoben Stühle und Tische davor, aber ehe Nepomuk noch seine Flammen darüber schicken konnte, warf sich Tiffany gegen die Tür, so heftig, dass Anton und die anderen zurückgeschleudert wurden. Sie krachten gegen ein Regal. Anton fiel eins der alten Mathebücher auf den Kopf. Benommen griff er danach, und da brach Tiffany durch die Tür.

Sie erschien wie ein vielköpfiger Schatten mit messerscharfen Krallen und glühenden Augen. Gustav kreischte jämmerlich, Nepomuk fuchtelte mit seinem Säbel in der Luft herum, doch Tiffany streckte nur die Tatze aus und begrub ihn darunter. Dann sprang sie auf Anton und seine Freunde zu. Er riss das Buch hoch – und Tiffany grub ihre Zähne hinein.

Anton rechnete damit, beim nächsten Biss ihre Zähne in seinem Arm zu spüren. Aber stattdessen hörte er ein Würgen. Tiffany war zurückgewichen, angewidert spuckte sie mit allen drei Köpfen aus, als hätte sich etwas Unsagbares auf ihre Zungen geschlichen.

„Ja“, knurrte Nepomuk und stellte sich mit erhobenem Säbel vor Anton. „Mathe hat mir auch noch nie geschmeckt!“

Tiffany starrte ihn an, als würde sie überlegen, ob diese Gemeinsamkeit ausreichte, um auf ein Festessen zu verzichten. Dann kehrte das teuflische Glühen in ihre Augen zurück. Sie neigte die Köpfe, als wollte sie Nepomuk mit einem Atemzug verschlingen. Anton rappelte sich auf, um sich dazwischenzuwerfen. Doch da ging ein wütendes Bellen durch den Raum.

Anton kannte dieses Bellen genau. Vom ersten Tag an, da

er auf diese Schule gegangen war, hatte er es gehasst, denn der Urheber hatte ihm nicht nur ein Mal in die Hacken gebissen. Jetzt jedoch erschien er wie eine Lichtgestalt im gesplitterten Türrahmen. Eine ziemlich kleine Lichtgestalt allerdings. Pechschwarz. Bissig. Und mit wütendem Knurren.

Cerberus, der Wachhund der Schule.

Ein Stück vom Himmel

Tiffany drehte sich zu Cerberus um. Der reichte ihr nicht einmal bis zum Knie. Aber das schien ihn nicht zu kümmern. Ganz nach dem Motto *Die Kleinsten werden die Größten sein* bellte er Tiffany an, und tatsächlich wirkte sie einigermaßen beeindruckt. Sie wich zurück – und Cerberus nutzte seine Chance. Mit fliegender Spucke stürzte er sich auf sie.

Anton konnte sich nicht erinnern, jemals ein solches Schauspiel gesehen zu haben. Tiffany schlug nach Cerberus, aber der machte seinem Namen alle Ehre. Wild knurrend sprang er sie an, zwickte sie ins Fell und ließ sie laut fauchen. Mit angelegten Ohren jagte sie ihn durchs Zimmer, bis er den Spieß umdrehte. Mit gesträubtem Fell hetzte der winzige Hund die Höllenkatze über Tische und Bänke, bis sie stehen blieben und einander anstarrten.

Sowohl Tiffany als auch Cerberus waren außer Atem, aber etwas an der Art, wie sie einander ansahen, hatte sich verändert. Anton musste an Matze denken, seinen alten Erzfeind, der fast so etwas wie ein Freund geworden war, nachdem sie zusammen eine gefährliche Monstersituation durchlebt hatten. Sie hatten einander von einer anderen Seite kennengelernt und festgestellt, dass sie sich respektieren konnten, auch ohne sich bis ins tiefste Innere zu mögen. Und etwas Ähnliches passierte nun bei diesen beiden. Cerberus jaulte auf, es klang wie eine Frage. Tiffany stieß ein Fauchen aus. Dann neigten beide die Köpfe. Und mit einem wilden Knurren stürzten sie sich aufeinander und kugelten ineinander verknäult durch den Raum.

Anton brauchte einen Moment, bis er begriff, dass die beiden miteinander spielten. Ungläubig wechselte er mit den anderen einen Blick. Keiner von ihnen hatte Cerberus, die bissige Töle, jemals mit irgendwem spielen sehen.

„Auf jedes Monster passt eine Höllenkatze", murmelte Nepomuk. „Herzallerliebst."

Der Schatten tauchte so plötzlich im Türrahmen auf, dass Anton zusammenfuhr. Er wusste, wer gekommen war, noch ehe er den Blick hob. Er fühlte diese eiskalte Präsenz, die er viele Jahre lang gefürchtet hatte, und die Anspannung, die selbst Cerberus und Tiffany zu der Gestalt in der Tür hinüberschauen ließ. Suna und Theo saßen da wie erstarrt, Nepomuk und Gustav waren neben dem erschrocken wispernden Stürmchen zu kleinen Monstersalzsäulen geworden, und selbst Leonardo schluckte schwer. Anton schaute über die geschnürten Stiefel, das strenge Kostüm und die zusammengepressten Lippen aufwärts. Dann traf ihn der messerscharfe Blick aus den reglosen Augen, und wie immer stockte ihm auch jetzt der Atem. Ihn überkam das Bedürfnis, sich aufzurappeln und Haltung anzunehmen, aber gleichzeitig konnte er sich nicht bewegen. Seine Gedanken wurden zu grauen Fusseln.

Vor ihm stand Frau Zirpenschreck. Und die Direktorin der Schule sah niemanden in diesem Zimmer an als ihn.

So lange hatte er sie gefürchtet. Ihre gnadenlose Stimme, ihre Härte, ihre Strenge, mit der sie jede Kleinigkeit geahndet hatte. Wie oft hatte er ihretwegen Angst gehabt, in die Schule zu gehen, weil er sich in ihrer Gegenwart noch minderwertiger gefühlt hatte als ohnehin schon? Wie oft hatte er für Strafarbeiten in einem dieser staubigen Archive gehockt und unter ihrer Aufsicht mathematische Formeln auswendig lernen müssen?

Kurz blitzte ein anderes Gesicht vor ihm auf: das von Septimus Frost. Der Lehrer der Burgschule war ähnlich streng wie Frau Zirpenschreck, und Anton kam der Gedanke, dass er all die Zauberformeln, die er bei Septimus Frost lernen musste, vermutlich ohne diese Übungen mit Frau Zirpenschreck nie im Kopf behalten würde. Aber das konnte sie nicht wissen. Sie hatte ja keine Ahnung davon, was er in Wirklichkeit war. Er starrte in ihre grauen Augen, und eine Frage tauchte in ihm auf, so sacht, dass er den Atem anhielt. *Oder doch?*

Jetzt flog der Blick seiner einstigen Lehrerin durch den Raum. Er streifte Cerberus und Tiffany, und Anton rechnete damit, dass sie loskreischen würde. Entweder, weil es immerhin nicht alle Tage vorkam, dass man einer Höllenkatze begegnete. Oder weil sie ihn für all das Chaos verantwortlich machte. Er meinte schon, sie rufen zu hören, dass sie ein Konfliktgespräch mit seinen Eltern führen werde.

Aber sie sagte kein einziges Wort. Sie warf nur einen weiteren Blick auf Cerberus und Tiffany, die unter einem leichten Heben ihres Kinns nebeneinander Sitz machten, als würden sie dafür ein Leckerchen aus Höllenquarz bekommen. Dann bedeutete sie Anton und seinen Freunden, auf die Beine zu kommen. Erst nach einem Moment merkte Anton, dass er noch immer das Mathebuch in den Händen hielt. Wie einen Schutzschild presste er es gegen die Brust.

Nach wie vor schweigend drehte Frau Zirpenschreck sich um und führte sie in Richtung Ausgang. An der Tür blieb sie stehen. Suna und Theo eilten unter ihrem strengen Blick hinaus in die Nacht, selbst Leonardo zog die Schultern hoch wie ein kleiner Junge. Als An-

ton seinen Freunden folgen wollte, neigte Frau Zirpenschreck jedoch leicht den Kopf.

„Rettet Helltoren, Monsterjäger", raunte sie, und ihre Stimme war so sanft, dass Anton ihr erstaunt in die Augen sah. Und da erkannte er, dass sie gar nicht grau waren. Sondern von dem hellsten, klarsten Blau, das er je gesehen hatte, kühl und strahlend.

Anton huschte aus der Tür und hörte, wie sie sich sofort hinter ihm verschloss. Aber ihr Lächeln begleitete ihn hinaus in die Nacht … dieses Lächeln, das wie ein Stück vom Himmel gewesen war.

Fröhliche Kiesel

Der Wald war stockdunkel. Anton hielt die magische Fackel so fest, dass seine Finger wehtaten. Suna ging mit einer weiteren Fackel neben ihm, gefolgt von Theo und Leonardo. Der Feuerschein erhellte ein Stück des Pfades. Aber jenseits des Lichtkreises stand die Dunkelheit wie ein lebendiges Wesen, das nur die Hand auszustrecken brauchte, um sie zu packen.

Anton fand es ziemlich unheimlich, nachts im Wald zu sein. Vor allem in dieser Nacht. Allerdings hatten sie keine andere Wahl. Nachdem er den Staub vom Mathebuch gekratzt hatte, fehlte ihnen nur noch eine einzige Zutat für den Geisternebel: das Vollmondgras. Und das wuchs ausschließlich in diesem Wald. Leider hatten sie es noch nicht gefunden.

„Verfluchtes Grünzeug!“ Nepomuk wurde von einem Efeutrieb am Allerwertesten getroffen. „Mach das noch mal, du …“, fing er an, merkte dann aber, dass er sich gerade mit einer Efeuranke stritt, und presste die Zähne aufeinander. „Mein ganzes Leben ist eine Dunkelkammer. Eine riesige, bescheuerte Dunkelkammer.“

„Beetlejuice“, sagte Gustav, der neben ihm schwebte. Er hatte etwas Farbe bekommen, seine Kleidung schimmerte goldgrün wie der Waldboden. „Toller Film.“

Nepomuk starrte ihn an. „Du kennst einen Film der Menschen?“

„Sicher“, gab der Geist zurück. „Immerhin geht es darin um Geister.“ Er legte den Kopf schief. „Wobei du auch schon fast wie einer aussiehst, so mürrisch, wie du guckst.“

Nepomuk puhlte sich eine Klette aus dem Fell. „Ich hasse die Natur.“

„Es ist doch schön hier.“ Gustav sah zu, wie Stürmchen ausgelassen durchs Unterholz sprang und dabei die Farbe des Laubs annahm. „Bisschen dunkel vielleicht. Aber riecht ihr die Fliegenpilze? Pilze sind sehr faszinierend, weder Tier noch Pflanze. Leider gibt es nur ungenießbare Exemplare in der Geisterwelt. Der Fliegenpilz dagegen soll lecker schmecken, wenn man ein Geist ist und ihn in die Suppe bröselt. Ich kann euch das Rezept …“

„Nein danke.“ Nepomuk funkelte ihn wütend an. „Wir sind keine Geister, falls es dir entgangen ist. Jedenfalls noch nicht.“

„Victor Hugo, Beetlejuice und Fliegenpilze“, meinte Suna. „Wieso kennst du dich eigentlich so gut mit Dingen aus der Menschenwelt aus?“

Verlegen kratzte Gustav sich am Kopf. „Vielleicht habe ich durch unser Portal hin und wieder einen Blick in eure Welt geworfen.“

Theo hob die Brauen. „Aber ist das nicht verboten?“

„Und wie. Der Hohe Rat der Geister würde mich zu Nebelfegen im Akkord verurteilen, wenn er davon wüsste. Aber … ach, was soll’s.“

Gustav seufzte. „Ich finde die Menschen und ihre Welt gar

nicht so abscheulich, wie es sich für einen anständigen Geist gehört. Nichts gegen die Geisterwelt. Sie ist wunderbar staubig, es gibt jede Menge Spukschlösser, und wir haben Geisterdrops, die schmecken sehr lecker. Aber die Menschenwelt ist so schön … bunt."

Nepomuk schnaubte. „Und dafür gehst du das Risiko ein, vom Hohen Rat erwischt zu werden?"

„Du doch auch", gab Gustav zurück. „Als Traum darfst du auch nicht einfach durch diese Welt spazieren. Und trotzdem machst du es."

„Als Held muss man eben Opfer bringen. Die Monsterjäger brauchen mich. Ich habe ihnen schon bei einigen Abenteuern geholfen."

Gustav nickte. „Ich habe euch gesehen. Euer Kampf mit dem Traumfresser war beeindruckend. Und dann die Sache mit den Flüchen … Die fröhlichen Kiesel waren begeistert, als ich ihnen davon erzählt habe."

Anton riss die Augen auf. „Du hast *Steinen* von uns erzählt?"

„Die fröhlichen Kiesel wohnen am Geisterfluss", erklärte Gustav. „Sie mögen spannende Geschichten. Und sie sind die Einzigen, die mir zuhören, wenn ich von der Menschenwelt erzähle. Für sie seid ihr wirklich Helden. Und für mich …" Er zögerte. „Für mich auch."

Er wurde ein wenig rot, und Anton musste lächeln. Nie im Leben hätte er gedacht, dass sein Name irgendwem in der Geisterwelt bekannt sein könnte … schon gar keinen fröhlichen Kieseln.

„Schön, dass du das erkannt hast“, erwiderte Nepomuk. „Und mach dir nichts draus, dass die anderen Geister nicht so klug sind wie du. Ich kenne das. Es ist manchmal einsam, ein Genie zu sein.“

Theo und Anton wechselten einen amüsierten Blick, doch Suna ließ Gustav nicht aus den Augen.

„Du hättest dich mir zeigen können“, sagte sie. „Ich hätte mich gefreut, dich kennenzulernen.“

Gustav hob die Brauen. „Ihr Menschen fürchtet euch doch vor uns Geistern.“

„Nicht vor allen Geistern.“ Suna lächelte. „Und du bist schließlich der andere Wächter meines Portals. Wir gehören zusammen.“

„Sehe ich auch so“, meinte Nepomuk. „Ein Geist hat unserer Chaostruppe außerdem noch gefehlt.“

Gustav wurde noch ein wenig röter, und als Suna behutsam seine Hand berührte, glitt sie nicht mehr durch ihn hindurch. Stattdessen strömte ein Schwall von Farben über seinen Körper. Selbst sein Gesicht verlor die Blässe. Gustav sah beinahe lebendig aus. Mit großen Augen sah er von einem zum anderen. „Danke", flüsterte er.

Da ging ein Windhauch durchs Unterholz. Alarmiert hob Anton die Fackel – und wich in letzter Sekunde einem Kaugummigeschoss aus, das hinter ihm an einem Baumstamm zerplatzte. Suna stieß einen Fluch aus, aber sie kam nicht mehr dazu, ihr Lasso zu heben. Denn jetzt schossen sie aus dem Unterholz: Arthur, Sibille und Hauke.

Freunde

Nur der Feuerschein der Fackeln hielt die Geister auf Abstand. Sie sahen noch furchterregender aus als bei ihrer letzten Begegnung. Denn jetzt lachten sie nicht mehr. Ihre Augen glühten in unverhohlenem Zorn, und ihre Stimmen erfüllten die Luft mit bedrohlichem Rauschen.

„Ihr kleinen Mistkröten", raunte Arthur. „Warum seid ihr der Höllenkatze entkommen?"

„Weil wir schlau und mutig sind", schoss Nepomuk zurück. „Etwas, das man von euch nicht behaupten kann!"

Anton warf ihm einen Blick zu und stellte fest, dass Gustav und Stürmchen verschwunden waren. Dann schielte er zu Leonardo hinüber, der unauffällig an seinem Rollstuhl herumtastete. Sie mussten abhauen, und das schnell. Das Feuer würde die Geister nicht lange abhalten.

„Was macht ihr überhaupt hier?", fragte er, um von Leonardo abzulenken. „Wo ist das Fulminante Feuerwerk? Sagt bloß, die Burgschule ist doch nicht so leicht einzunehmen, wie ihr dachtet!"

Hauke schnaubte. „Die Mauern waren Pipifax."

„Eure Schule ist sowieso total langweilig", fügte Sibille hinzu. „Ihr habt ja nicht mal kopflose Gespenster!"

„Dafür haben wir Septimus Frost“, murmelte Theo. „Der ist schlimmer. Meistens jedenfalls.“

Sibille warf ihm einen verunsicherten Blick zu, aber da stob Arthur nah ans Feuer heran und streckte die Hand aus. Darin hielt er einen Zettel. „Was für ein Zauber ist das?“

Gießanleitung für Leonardo

Humunculus Arctium:
links geschwenktes Silberwasser (blaue Kanne),
dazu drei nette Worte

Mandragora:
zwei Sprühstöße vom Allerleidunst,
bei Blattverlust das Lied Es regnet, es regnet

Dionaea muscipula:
Finger weg, sonst Finger ab!
Das Grünbraune in der Ecke: Hauptsache,
es stirbt nicht.

Mehr konnte Anton nicht lesen, aber ihm war auch so klar, dass es sich bei den Anweisungen nicht um einen Zauber handelte, sondern um eine Pflegeanleitung für Edwin Sniffels Pflanzen.

„Das ist einer der mächtigsten Zauber überhaupt“, sagte Leonardo, ohne mit der Wimper zu zucken. „Gut möglich,

dass du gleich in Flammen stehst. In magischen Flammen, selbstverständlich.“

Arthur zuckte zusammen, fing sich aber schnell wieder. „Unsinn“, knurrte er. „Dieser Zettel klebte an einer verschlossenen Tür. Dahinter befindet

sich das Feuerwerk, ich konnte es riechen. Und ich gehe jede Wette ein, dass du den Schlüssel dazu hast!“

„Keine Ahnung, wovon du sprichst.“

„Ach nein?“ Arthurs Lächeln war eiskalt. „Du bist ein schlechter Lügner!“

Damit streckte er die Hand nach Leonardo aus. Er presste die Zähne zusammen, als der Fackelschein seine Geisterhaut versengte, aber er zog den Arm nicht zurück. Schon bildeten sich Eisblumen auf Leonardos Brillengläsern – und da riss dieser die Hand hoch. Darin hielt er ein Feuerzeug, aus dem eine blaue Stichflamme schoss. Sie traf Arthurs Hand, der fluchend zurückfuhr.

„Flieht!“, brüllte Leonardo, presste die Hände auf die Lehnen und sauste mit seinem Rollstuhl den Pfad hinab.

Anton und die anderen rannten, so schnell sie konnten. Doch die Geister holten rasch auf. Kaugummigeschosse fegten an ihnen vorbei, Suna wurde an der Schulter getroffen und strauchelte, und Anton meinte schon, die eisigen Finger von Arthur im Nacken zu spüren, als er eine Stimme hörte. Sie war so leise wie ein Windhauch. Es war Stürmchen, der Antons Namen rief.

Hier lang, wisperte er jetzt.

Anton packte Suna am Arm und rannte mit seinen Freunden im Schlepptau ins Unterholz. Sie stolperten über Wurzeln und Steine und kamen auf eine Lichtung. Kaum hatten sie sie betreten, sanken ihre Füße ein. Heftiger Sturm fegte ihnen entgegen und löschte die Fackeln, und Anton schluckte, als Gustav hinter einem verrotteten Baumstumpf auftauchte. Der Geist sah ihn mit ungewohnter Kälte an.

„Ha“, rief Arthur siegessicher, als er mit Hauke und Sibille die Lichtung erreichte. „Gut gemacht, Gustav. Und ich dachte schon, du würdest uns in den Rücken fallen.“

„Das würde ich nie tun“, erwiderte Gustav. „Ich will doch dein dummes Gesicht sehen, wenn du begreifst, was los ist.“

Anton hob die Brauen. Auch Arthur und seine Begleiter schienen ihren Ohren nicht zu trauen. Doch Gustav lächelte – und riss einen leuchtenden Pilz hinter dem Baumstumpf hervor. Er strahlte so hell, dass die Geister zurückwichen. Gustav selbst schloss die Augen und grub die Finger in den Pilz, da fegte eine glitzernde Dampfwolke über die Lichtung. Anton und seine Freunde duckten sich. Die Wolke brauste über sie hinweg, erfasste die Geister und schleuderte sie weit ins Unterholz. Aus der Ferne waren mehrere Explosionen zu hören und die erschrockenen Schreie der drei Geister. Dann war es still.

Ein schwefliger Geruch waberte über die Lichtung. Atemlos sah Anton zu Gustav hinüber. Der kleine Geist ließ den Pilz fallen, der zu einem vertrockneten Klumpen geworden war, und grinste verlegen. „Der Gemeine Glimmerling. Normalerweise ein Champignon. Heute

Nacht aber hat er besondere Kräfte. Er stinkt unglaublich, wenn seine Gase explodieren. So sehr, dass er selbst Geister betäuben kann. Arthur und die anderen werden eine Weile außer Gefecht gesetzt sein."

Beeindruckt zog Anton die Füße aus dem weichen Boden, der sich unter der Pilzwolke verfestigt hatte. Theo und Leonardo nickten Gustav anerkennend zu, und Suna öffnete den Mund, um etwas zu sagen. Aber Nepomuk kam ihr zuvor.

„Du verfluchter Geist!" Er sprang zu Gustav hinüber. „Ich dachte, du hättest uns verraten!"

„Selbst ein Genie weiß eben nicht alles", meinte Gustav. „Das würde ich niemals tun. Seine Freunde verrät man nicht." Vor Verlegenheit färbten sich seine Wangen leuchtend rot.

Da huschte ein Lächeln über Nepomuks Gesicht. Er zog den Geist an sich. Sehr kurz zwar, aber auch sehr liebevoll. Als sie sich voneinander lösten, schimmerte Gustavs Haar in einem sanften Blau.

Das Geräusch war nicht mehr als eine Ahnung, aber es sorgte dafür, dass Antons Erleichterung sich in Luft auflöste. Seine Freunde schauten schreckensstarr in die Dunkelheit. Sie hatten es auch gehört.

Wolfsgeheul.

Auf allen vieren

„Was zur Hölle machen wir hier eigentlich?" Nepomuk schaute hinter einem Farnwedel hervor. „Wir sollten abhauen und nicht durchs Unterholz kriechen!"

Anton schob ein Riesenblatt beiseite. „Wir müssen das Vollmondgras finden", flüsterte er zurück. „Ohne das Gras bekommen wir keinen Geisternebel, und ohne Geisternebel können wir Arthur und die anderen nicht fangen. Und wenn wir sie nicht fangen …"

„Jaja", knurrte Nepomuk. „Aber ich habe keine Lust, mich dafür von Werwölfen fressen zu lassen."

„Verständlich", murmelte Gustav, der gerade mit Stürmchen einen Steinhaufen durchsuchte. „Die haben oft ganz schön Mundgeruch."

„Wir haben schon länger kein Heulen mehr gehört", raunte Theo. „Und irgendwo muss dieses verdammte Gras ja wohl wachsen."

Suna strich sich das Haar zurück. „Aber nirgends ist auch nur ein Büschel zu sehen."

„Liegt vielleicht daran, dass wir gerade keinen Vollmond haben", meinte Nepomuk. „Und das *verdammte Gras* wächst nun mal nur bei Vollmond."

„Aber es verdorrt auch nicht sofort, wenn der Vollmond vorbei ist“, sagte Leonardo. „Irgendwo werden noch Büschel übrig sein.“

Anton schaute zum wiederholten Mal ins Unterholz. Er wusste nicht genau, wie lange ihr vorläufiger Sieg gegen die Geister zurücklag, aber es kam ihm vor wie eine Ewigkeit. Lange würden Arthur und die anderen nicht mehr bewusstlos sein. Ganz abgesehen davon, dass die Morgendämmerung immer näher rückte.

„Gibt es keine andere Möglichkeit, das Gras zu finden, als jeden Zentimeter des Waldes abzusuchen?“

„Hefte doch deine Nase an den Waldboden“, schlug Nepomuk vor. „Vielleicht witterst du eine Spur.“

Anton setzte schon zu einer passenden Antwort an, als Leonardo sich am Kopf kratzte wie immer, wenn ein scheinbar absurder Vorschlag gar nicht so absurd war.

„Nun ja“, fing Leonardo an. „Es gäbe eine Möglichkeit, die Suche zu beschleunigen. Allerdings hätte das einen Preis, und ich bin nicht sicher, ob wir den bezahlen wollen.“

Nepomuk zog die Brauen so fest zusammen, dass er aussah wie eine kleine, zornige Gewitterwolke. „Sind wir hier bei *Wünsch dir was*? Raus mit der Sprache!“

Leonardo holte eine Plastiktüte aus seiner Tasche. Darin befand sich ein Fellbüschel.

„Was ist das?“, fragte Suna. „Katzenhaare für ein Experiment?“

Stürmchen wisperte aufgeregt, und Gustav schnupperte an der Tüte. Seine Augen wurden kreisrund.

„Nein“, meinte Leonardo an seiner Stelle. „Das ist ein Stück Werwolfsfell.“

„Und was sollen wir damit?“, fragte Theo ratlos. „Kann es sich in Vollmondgras verwandeln?“

„Das Fell kann sich nicht verwandeln“, antwortete Leonardo. „Aber es kann dafür sorgen, dass einer von uns es tut. Mit Gustavs Hilfe.“

Antons Herz schlug schneller. Gustav könnte einen von ihnen mit seiner Magie verwandeln. Und wenn der dabei das Werwolfsfell in der Hand hielt, würde er nicht zu irgendeinem Wesen der Dunkelheit werden … sondern zu einem Werwolf.

„Werwölfe haben ausgezeichnete Nasen“, sagte Theo. „Sie können das Vollmondgras riechen.“

„Dafür sind sie auch Werwölfe“, knurrte Nepomuk. „Fressmaschinen auf Beinen. In so was verwandelt man sich nicht einfach so. Jedenfalls nicht freiwillig.“

„Ich mach’s.“ Erst, als die Worte über seine Lippen gekommen waren, begriff Anton, was er gerade gesagt hatte. „Wir müssen die Geister aufhalten. Und uns läuft die Zeit davon. Theo ist schon verwandelt, Gustav, Stürmchen und Nepomuk sind selbst magische Wesen, Leonardo brauchen wir mit kühlem Kopf, und Suna ist die Einzige, die das silberne Lasso handhaben kann, was gegen die Geister hilft. Bleibe nur ich. Und außerdem trage ich schon das passende Kostüm.“

Sein Lächeln verrutschte, als er von einem zum anderen sah. Gleichzeitig holten sie alle tief Luft, und Leonardo zog das Werwolfsfell aus der Tüte. „Du wirst dich nicht wirklich in einen Werwolf verwandeln“, erklärte er. „Du bist immer noch du.“

Anton nickte und nahm das Fell in die Hand. Entgegen seiner Vorstellung war es weich und verbreitete einen angenehmen Geruch von Kräutern und Moos. Er schloss die Faust darum und nickte Gustav zu, der sacht über seine Schulter strich.

Zuerst spürte Anton überhaupt nichts. Aber dann krampfte sich sein Magen zusammen, heftiger Schwindel packte ihn, und er stürzte auf die Knie, während sich ein dunkler, tierischer Laut in seiner Kehle zusammenzog. Ein Kribbeln ging über seine Haut, seine Fingernägel wurden spitz wie Krallen. Sein Haar plusterte sich auf, seine Augen erglühten, sein Blick durchdrang die Dunkelheit. Er unterdrückte das Heulen, das aus seiner Kehle brechen wollte, vorbei an den scharfen Zähnen, die er an den Lippen spürte. Und da roch er etwas. Es duftete nach Mondlicht, Nacht und Sternen, und es schoss mit solcher Gewalt in Antons Nase, dass er sich wie von selbst in Bewegung setzte.

Auf allen vieren preschte er durchs Unterholz. Kurz dachte er, dass er vermutlich ziemlich lächerlich aussah, aber der Duft zog ihn vorwärts. Seine Freunde eilten ihm nach, doch er achtete nicht auf Nepomuks warnenden Ruf, als er auf eine Lichtung sprang. Alles, was er wahrnahm, war das silbrig schimmernde Gras, das dort neben einem Felsen wuchs. Vollmondgras.

Anton spürte noch das unbeschreibliche Glücksgefühl darüber, dass er die letzte Zutat gefunden hatte. Dann stürzte er sich mitten in das Grasbüschel. Er wälzte sich darin herum wie der Nachbarskater in Katzenminze, und der aufsteigende Wohlgeruch raubte ihm fast den Verstand. Es duftete einfach unbeschreiblich gut.

Erst, als Nepomuk über ihm auftauchte, hielt er inne. Anton grinste, obwohl ihm klar war, dass er mit seinen scharfen Zähnen dabei ziemlich seltsam aussehen musste. Aber der Traum erwiderte die Geste nicht. Im Gegenteil. Er sah zu Tode erschrocken aus. Anton zog die Brauen zusammen. Was war denn los? Sie hatten das Gras gefunden, das war doch ein Grund zur Freude. Oder nicht?

Da hörte Anton ein dunkles Knurren, das sie von allen Seiten umzingelte. Und er begriff, dass das Vollmondgras längst nicht alles war, was er auf dieser Lichtung gefunden hatte.

Unter Wölfen

Die Werwölfe sahen furchterregend aus. Sie waren zu fünft und groß wie Bären. Ihr Fell sträubte sich im Nacken, und als sie knurrten, ließen sie ihre messerscharfen Zähne sehen. Anton rappelte sich auf. Instinktiv zog er an dem Fellbüschel seines Kostüms, worauf sich schrecklicher Gestank verbreitete. Allerdings schienen die Werwölfe den ganz angenehm zu finden, denn sie schnupperten neugierig. Ihre Blicke machten Anton jedoch klar, dass er keiner von ihnen war. Sie sahen ihn an, als wäre er gerade gut genug, um von ihnen gefressen zu werden.

Suna rempelte Anton an, so schnell sprang sie an seine Seite. Ihr Lasso zerschnitt die Luft, doch die Werwölfe schauten darauf wie auf einen lächerlichen Bindfaden. Auch Leonardo beäugten sie wie einen Snack auf Rädern, und als sie Nepomuk, Gustav und Stürmchen musterten, war klar, dass sie selbst vor einer magischen Zwischenmahlzeit nicht haltmachen würden.

„Wie könnt ihr es wagen“, grollte der Größte unter ihnen. „Heute Nacht ist dieser Wald Wolfsgebiet. Ihr habt hier nichts verloren!“

„Wir wollten nicht stören“, japste Anton. Gustav hatte recht gehabt. Die Wölfe hatten tatsächlich den schlimmsten Mund-

geruch überhaupt. „Wir sind auf der Suche nach Vollmondgras gewesen und …“

„… jetzt habt ihr es gefunden“, raunte ein Werwolf mit einem Riss im Ohr. „Es schmeckt gut … als Vorspeise.“

Anton rechnete damit, jede Sekunde von dem Werwolf gepackt zu werden, und etwas tief in ihm wollte nur eins: abhauen. Aber er spürte seine Freunde neben sich und straffte die Schultern. Sie waren Monsterjäger, zur Hölle noch eins. Und sie hatten eine Mission.

„Wir sind keine Hauptspeise“, stellte er klar.

Da gab der Wolf ein Knurren von sich, das Antons Fellhaare in alle Richtungen abstehen ließ. „Ich warne dich, Struppi“, raunte der Werwolf. „Verschwindet von hier – oder ich ziehe euch das Fell über die Ohren!“

„Jetzt ist es aber genug!“ Mit wehendem Morgenmantel sprang Nepomuk auf die Werwölfe zu und zerrte Gustav hinter sich her. „Wir sind nicht zum Spaß hier, klar? Wir sind Jäger, und wir brauchen dieses Gras, weil sonst ganz Helltoren im Chaos versinkt!“

Die Werwölfe wichen vor ihm

zurück. Offenbar hatten sie noch nie einen so wütenden Traum gesehen, schon gar nicht als Septimus Frost im Miniaturformat.

Aber Nepomuk war noch nicht fertig. „Dies ist ein mächtiger Geist aus der Geisterwelt! Er kann euch alle ruckzuck in Pilzdämpfen einnebeln! Ihr …"

Ein Knirschen unterbrach ihn. Die Werwölfe erstarrten, und Nepomuk hob ein Brillengestell auf, auf das einer von ihnen soeben getreten war – groß genug, um einem Werwolf zu passen. „Was ist das denn?", fragte er. „Eine Lesebrille?"

„Niemand kann was für seine Sehschwäche", knurrte einer der Werwölfe. „Auch ein Werwolf nicht. Man wird eben nicht jünger."

„Und was ist das?" Suna zeigte auf ein Buch, das am Boden lag.

„Biss zum Morgengrauen?" Theo riss die Augen auf. „Habt ihr das etwa gerade gelesen?"

Sichtlich verlegen neigten die Werwölfe die Köpfe. „Auch Werwölfe können lesen", murmelte einer von ihnen.

„Soll das ein Witz sein?“ Nepomuk stand der Mund offen. „Ihr seid Werwölfe und trefft euch ausgerechnet an Halloween mitten im Wald – um Vampirliebesgeschichten zu lesen?“

„Das ist viel mehr als eine Liebesgeschichte“, knurrte einer der Werwölfe und fing sich sofort einen genervten Blick von einem seiner Begleiter ein.

„Darüber kann man streiten“, erwiderte der. „In dem Buch glitzert es zu viel, das ist mal sicher.“

Der größte Werwolf wandte sich seufzend an Anton und seine Freunde. „Okay, ihr habt uns erwischt. Wir sind keine Horde blutrünstiger Werwölfe. Jedenfalls nicht heute Nacht.“

Leonardo hob die Brauen. „Und was seid ihr dann?“

Mit einigem Stolz hoben die Werwölfe die Köpfe. „Wir sind ein Lesezirkel“, sagten sie wie aus einem Mund.

Nepomuk ließ die Brille sinken. „Das ist das Schrägste, was ich jemals gehört habe.“

„Es ist anstrengend, immer wild und gefährlich sein zu müssen“, erklärte einer der Werwölfe. „Einmal im Jahr wollen wir eine Pause davon haben. Und wann passt das besser als an Halloween? Da traut sich doch niemand in den Wald.“

„Außer euch Pappnasen“, knurrte ein weiterer.

„Nenn mich noch mal so“, drohte Nepomuk. „Und ich verrate den Vampiren, was ihr so in eurer Freizeit macht.“

„Eher fresse ich dich auf“, gab der Werwolf zurück. „Und außerdem brauchen uns die Vampire gar nicht blöd zu kommen. Sie treffen sich zum Strickkreis in der Alten Mühle. Letztes Jahr haben sie uns Ohrenwärmer gestrickt. Die waren nicht mal schlecht.“

Die anderen Werwölfe knurrten zustimmend, ehe sie sich wieder bewusst wurden, dass sie nicht allein waren. „Wir sollten sie einfach auffressen“, raunte einer von ihnen. „Dann können sie niemandem verraten, was wir hier tun. Wenn die Dämonen erfahren, dass wir heute Nacht gar nicht böse waren, lachen sie uns für immer aus.“

„Ich werde euch höchstpersönlich im Hals stecken bleiben“, versprach Nepomuk. „Und in der Zwischenzeit wird unser Freund Gustav hier sofort den Rat der Werwölfe verständigen. Fressen und Verschlingen ist nämlich auch an Halloween verboten, das wisst ihr ja wohl!“

Die Werwölfe wechselten wieder einen Blick. „So langsam geht ihr uns auf die Nerven“, knurrte der mit dem eingerissenen Ohr. „Wir können auch den Unterirdischen sagen, dass es hier verirrte Menschen und Monster gibt. Die kommen heute gern aus ihren Höhlen und zerren euch in die Tiefe. Und sie haben keinen Rat, der sie dafür bestrafen würde.“

Anton schauderte. Von den Unterirdischen hatte er schon gelesen. Aber er ließ die Werwölfe nicht aus den Augen. „Okay.“ Er kratzte sich hinter dem Ohr, wo ihn ein besonders hartnäckiges Fellhaarbüschel kitzelte. „Wie wäre es mit einem Pakt? Wir verraten niemandem was von eurem Lesezirkel.

Dafür begleitet ihr uns zum Haus der Hexe. Da wollen wir nämlich hin. Mit dem Vollmondgras übrigens. Und ein bisschen haarige Unterstützung könnte nicht schaden. Immerhin ist dieser Wald heute ja nicht ganz ungefährlich." Und das nicht nur wegen der Unterirdischen, dachte er bei sich und schob Arthur, Sibille und Hauke aus seinen Gedanken.

Der größte Werwolf kam näher. „Ein Pakt? Du weißt wohl, was das heißt, wenn du heute Nacht einen Pakt mit uns schließt?"

Anton nickte. „Er wird magisch sein."

„Und das bedeutet Konsequenzen, wenn eine Partei sich nicht daran hält", raunte der Werwolf. „Was schlägst du vor?"

„Wenn einer von uns sein Wort bricht, soll ihm überall Fell wachsen", sagte Anton. „Und wenn ihr uns in die Irre führt, soll euch das Fell ausfallen." Er hielt inne. „Wir sind nicht so verschieden. Wir wissen, wie es ist, anders zu sein als das, was erwartet wird. Ihr könnt uns vertrauen."

Es war keine Kleinigkeit für einen Werwolf, in dieser Nacht mit Menschen einen Pakt zu schließen, das war Anton klar. Zu oft waren solche Vereinbarungen zu beider Seiten Schaden gebrochen worden. Und so fröstelte er, als die Werwölfe sich langsam umdrehten und Schritt für Schritt über die Lichtung davongingen. Fast rechnete er damit, jede Sekunde die Unterirdischen herannahen zu hören. Doch als sie die ersten Bäume erreichten, drehten die Werwölfe sich um.

„Was ist?", raunte der größte von ihnen. „Tragen werden wir euch nicht!"

Furiosa Flammentanz

Das Haus der Hexe sah aus wie aus einem Märchen gepurzelt. Einem ziemlich düsteren allerdings. Die Fensterläden klapperten im Wind, die Tür hing schief in den Angeln, und aus dem Schornstein stieg gewittergrüner Rauch auf. Es hätte nur der Rabe gefehlt, um das Bild abzurunden. Aber an seiner Stelle hockte ein Waschbär auf dem Dach. Sein Fell war struppig und so bunt, dass es im Dunkeln leuchtete. Mit wachsamen Knopfaugen spähte er zu Anton und den anderen herab, ehe er im Schornstein verschwand.

„Wie einladend“, murmelte Nepomuk. „Genau das Richtige nach einem Spaziergang mit Werwölfen.“

„Stell dich nicht so an“, sagte Suna. „Sie waren doch viel freundlicher, als wir dachten. Und wir haben einiges über Liebesromane gelernt.“

Gustav kicherte. „Stürmchen und ich wollen jetzt auch mal welche lesen. *Vom Winde verweht* vielleicht.“

„Erwähnte ich schon, dass ich mir bessere Feiertagsbesuche vorstellen kann als ausgerechnet bei der ortsansässigen Hexe?“ Theo seufzte.

„Wir haben keine Wahl.“ Anton legte die Hand auf seinen grummelnden Bauch.

„Werwölfe haben immer Hunger“, meinte Nepomuk. „Wehe, du beißt mir in den Po!“

„Viel zu haarig. Aber vielleicht hat Furiosa was zu essen für mich.“

Leonardo steuerte seinen Rollstuhl zur Eingangstür. „Eigentlich ist sie ganz nett. Jedenfalls, wenn man sie auf dem richtigen Fuß erwischt.“

Mit lautem Krachen flog die Haustür auf, und eine neongrüne Feuersbrunst schoss ins Freie. Anton und seine Freunde duckten sich. Die Flammenwolke jagte über sie hinweg und setzte einen ohnehin schon reichlich verkohlten Holunderbaum in Brand. Mit einem routinierten Seufzen neigte der sich zur Seite und steckte seine Krone in einen Brunnen, um die Flammen zu löschen. Gleichzeitig knallte die Tür wieder zu.

Nepomuk warf Leonardo einen finsteren Blick zu. „Genau so habe ich mir den Empfang bei jemandem vorgestellt, der *ganz nett* ist."

Leonardo pflückte sich eine verkohlte Haarspitze vom Kopf. „Immerhin hat sie dieses Mal nur Feuer geschickt. Und keinen Drachen."

Er hatte kaum geklopft, als auch schon die Tür aufgerissen wurde. Anton zweifelte keine Sekunde daran, dass Furiosa Flammentanz vor ihnen stand. Und das lag nicht an dem Hexenhut auf ihrem wilden Haar oder den Schnürstiefeln, die denen von Suna ähnelten. Sondern vor allem an ihren Augen, deren Pupillen in roter Glut leuchteten … und an ihrem Kleid, das aus winzigen Flämmchen bestand. Normalerweise wäre Furiosa Flammentanz eine sehr Furcht einflößende Hexe gewesen, davon war Anton überzeugt. Aber jetzt hielt sie eine Schale mit Gurkenscheiben in der Hand. Und im Gesicht trug sie eine matschbraune Schlammmaske.

„Potz Blitz und Pestilenz!" Wütend funkelte sie in die Runde. „Kann eine viel beschäftigte Hexe denn nicht mal an Halloween ihre Ruhe haben?"

Leonardo war sichtlich darum bemüht, die Schlammmaske zu ignorieren. „Furiosa! Schön, dich zu sehen. Wir brauchen deine Hilfe."

„Das ist ja mal was Neues", knurrte die Hexe. „Drei Mal musste ich heute schon den Wildschweinen eine Magendarmkur verabreichen, weil sie heimlich meinen Pilzkuchen gefressen haben. Dabei war der als Dynamit gedacht, um die Mäuse aus dem Gemüsebeet zu vertreiben! Dann ist die Lauchsuppe angebrannt, obwohl ich nur sieben Kilo Pfeffer dazugegeben habe statt zwölf, weil ich ein Eichhörnchen aus meiner Wichtelfalle befreien musste. Und zu guter Letzt hat Manfred auch noch die Hälfte meiner Schlammmaske gefressen. Jetzt hat er die Blähungen des Jahrtausends, und wer muss die wegschnuppern? Ich natürlich! Nicht mal mein Grünflammenzauber hat geholfen, es stinkt immer noch ganz ungeheuerlich!"

Anton und seine Freunde starrten sie an, als wären sie mit jedem ihrer Worte in einen Flammensturm geraten. Bis auf Nepomuk, der die einzig sinnvolle Frage stellte: „Dein Waschbär heißt Manfred?"

„Ich hätte ihn auch Alexander den Großen nennen können", erwiderte Furiosa. „Aber der Name war schon besetzt."

„Furiosa", begann Leonardo noch einmal so einfühlsam wie möglich. „Es ist ernst. Wir brauchen wirklich deine Hilfe."

Die Hexe funkelte ihn an, und kurz glaubte Anton, sie würde ihnen einfach die Tür vor der Nase zuknallen. Aber dann seufzte sie tief. „Schön. Kommt rein. Auch wenn ich euch warne: Mir ist heute schon drei Mal der Kochtopf explodiert."

Im Inneren war das Haus viel gemütlicher, als es von außen den Anschein machte. Kräuter hingen von der Decke, auf dem Tisch stapelten sich Brettspiele, und auf dem durchgesessenen Polstersofa lag Manfred und blinzelte träge zu ihnen herüber. Anton schnupperte vorsichtig und musste feststellen, dass Furiosa nicht übertrieben hatte. Manfred hatte tatsächlich ein Pupsproblem, das nicht wegzudiskutieren war. Trotzdem knurrte Antons Magen weiterhin laut vor sich hin.

„Wir brauchen Geisternebel“, kam Leonardo zur Sache. In knappen Worten berichtete er, was passiert war. „Ohne den Nebel können wir die Geister nicht fangen“, schloss er. „Und dann ist in Helltoren künftig das ganze Jahr Halloween.“

„Das fehlte gerade noch“, murmelte Furiosa. „Nie habe ich so viel Pech wie an diesem Tag. Es muss daran liegen, dass so viele Weltentore offen stehen. Zu viele magische Schwingungen auf einmal. Das hält ja keiner aus. Sogar mein Fernseher ist ausgefallen! Ich konnte nicht mal meine Lieblingshexenserien gucken. Daher bin ich ausnahmsweise auch ein klein wenig unausgeglichen.“

Leonardo biss sich auf die Lippe, wie er es immer tat, wenn er sonst eine Spur zu ehrlich geworden wäre. „Helltoren ist in großer Gefahr. Und du bist die Einzige, die uns helfen kann.“

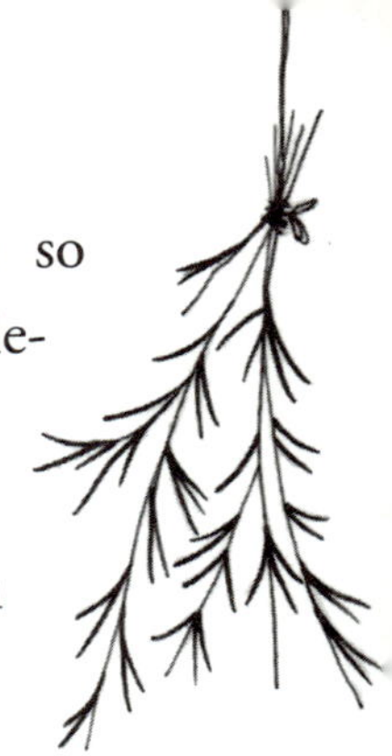

„Das ist tragisch“, erwiderte Furiosa. „Denn so schlimm ich es selbst fände, wenn Halloween niemals mehr enden würde: Ich kann nichts für euch tun. Ihr seht ja, was hier los ist. Ich bringe keinen anständigen Zauber zustande. Deswegen liege ich an Halloween auch meistens einfach nur herum. Wenn man mich denn lassen würde.“

„Aber wir haben extra alle Zutaten besorgt“, mischte sich Anton ein und schaute auf die Gurkenscheiben in ihrer Hand, die ungeheuer lecker für ihn aussahen. „Das …“

„… ist wirklich ganz reizend von euch“, beendete Furiosa seinen Satz. „Aber ich sage es gern noch mal: Meine Zauber funktionieren heute nicht. Ich kann euch natürlich trotzdem einen Nebel brauen. Vermutlich würde er sich in einen Sturm verwandeln und euch geradewegs zum Zauberer von Oz tragen. Wäre das in eurem Sinne?“

„Da gibt’s doch auch Hexen“, raunte Nepomuk, und Theo nickte.

„Jede Menge sogar.“

„Ist das dein Ernst?“ Leonardo starrte sie an. „Du kannst ausgerechnet an Halloween nicht zaubern?“

Furiosa knallte die Gurken auf den Tisch. „Gut gemacht, Professor, du hast es verstanden! Setz dich, ich gebe dir einen Anerkennungsstempel mit Glitzer auf die Stirn! Was glaubst du eigentlich, warum ich immer um Halloween herum so schlechte Laune habe?“

„Eine besondere Frohnatur bist du auch sonst nicht“, gab

Leonardo zurück. „Aber ich dachte, das liegt daran, weil du wieder mal zu irgendeinem Hexenfest nicht eingeladen wurdest. Ist ja jedes Jahr dasselbe.“

Furiosa presste die Lippen aufeinander. „Wer nicht will, der hat schon. Deswegen ärgere ich mich nicht mehr.“ Manfred gab ein Keuchen von sich, das wie ein Lachen klang, und Furiosa drückte die Lippen noch eine Spur fester zusammen. „Jedenfalls nicht sehr.“

„Woran liegt es denn dann?“, fragte Suna. „Hexen hexen, das weiß doch jeder!“

Furiosa musterte sie von Kopf bis Fuß. „Deine Stiefel gefallen mir“, sagte sie. „Aber Fransenkleider sind ja so was von out.“ Sie seufzte. „Normalerweise habe ich die magische Welt einigermaßen für mich allein. Aber an Halloween stehen nicht nur die Weltentore offen. Auch die Menschen sind anders als sonst. Sie starren in die Schatten und glauben, darin etwas zu erkennen, und oft tun sie das auch. Alles flirrt, alle möglichen Wesen schwirren herum. Und dann knurrt mich auch noch ein menschlicher Werwolf von der Seite an. Herrgott, nimm dir die Gurken! Ich glaube, ich bekomme Kopfschmerzen.“

„Nicht jetzt“, sagte Nepomuk entschieden, während Anton die Gurken in sich hineinstopfte. Sie schmeckten etwas angegammelt, was er erschreckenderweise ziemlich lecker fand.

„Du bist eine Hexe“, fuhr Nepomuk fort. „Und du braust uns jetzt diesen verdammten Nebel. Wenn er uns wirklich nach Oz trägt, bitte sehr. Alles ist besser, als nichts zu tun!“

Furiosa verdrehte die Augen, schnappte sich aber die Zutaten und fing an, sie zusammenzumischen. Alle versammelten sich um den riesigen Kochtopf, und Anton glaubte schon, den schneeweißen Geisternebel aus der Brühe auftauchen zu sehen, als diese sich giftgrün verfärbte. Blubbernde Blasen stiegen aus der Tiefe, und Furiosa stieß einen Fluch aus.

„Ich habe es euch doch gesagt“, zischte sie und presste den Deckel auf den Topf. „So sehen meine Zauber normalerweise aus, wenn irgendetwas fehlt. Aber es ist genau das gleiche Gemisch wie an den Tagen, an denen der Zauber funktioniert. Also was soll fehlen?“

„Etwas von den Menschen.“

Es war Gustav, der das gesagt hatte. Alle drehten sich zu ihm um. Er schaute Furiosa schüchtern an.

„Was meinst du damit?“, fragte die Hexe, während sie den Deckel mit aller Kraft auf den Topf presste. Es polterte, als wütete ein Drache im Inneren. „Schnell! Sonst fliegt uns das Gebräu um die Ohren!“

„Du musst was von den Menschen in deinen Zauber mischen“, wiederholte Gustav. „Es ist ihre Welt, die die anderen Welten miteinander verbindet. Und heute an Halloween wird das ganz deutlich. Viele Tore stehen offen. Die Menschen sehen genauer hin, wie du sagst. Und darin liegt eine ganz eigene Art von Magie.“

„Möglich“, rief Furiosa gegen den blubbernden Zauber an. „Aber was soll das bedeuten?“

Gustav straffte die Schultern. „Dass du die Menschen einbeziehen musst, wenn deine Zauber heute Nacht funktionieren sollen."

Furiosa zögerte, doch nur kurz. Dann stieß sie einen Pfiff aus. Mit erstaunlicher Geschwindigkeit schoss Manfred heran, hüpfte auf den Deckel und balancierte darauf wie auf einem Surfbrett, während Furiosa zu ihrem Regal mit den Zutaten stürzte. Sie sammelte ein paar Fläschchen heraus, dann trat sie zu Suna und riss ihr ein einzelnes Haar aus. Im nächsten Moment sprang Manfred in Furiosas Nacken. Er kletterte auf ihren Kopf, sodass es aussah, als trüge sie eine Mischung aus Fellmütze und Schutzhelm, und mit ziemlich schrägem Gesang schüttelte sie die menschlichen Zutaten in die blubbernde Brühe. Kurz sah es aus, als würde die Mischung aus

dem Topf brodeln. Dann aber beruhigte sie sich und wurde zu schneeweißem Nebel.

Anton und die anderen stießen Laute des Erstaunens aus, während Furiosa sich den Schweiß von der Stirn wischte. Dann sahen alle zu Gustav hinüber.

„Woher zur Hölle hast du das gewusst?“, fragte Nepomuk.

Der kleine Geist hob die Schultern. „Die Welt ist schön“, sagte er leise. „Aber nur mit all ihren Farben.“

Er wurde ein wenig rot, während der orangefarbene Feuerschein in winzigen Sprenkeln in seinen Körper hineinglitt. Anton musste lächeln, so deutlich spürte er die feierliche Stimmung ringsum.

Selbst der Pups von Manfred konnte daran nichts ändern.

Überraschungen

Der Nebel glitzerte wie frisch gefallener Schnee. Anton hielt die Ampulle fest in den Händen und folgte der Schleimspur, die durch Helltorens Gassen führte. Die Überreste des Gemeinen Glimmerlings hafteten ausgesprochen gut an Geisterkörpern. Und selbst die winzigen Spuren stanken zur Hölle. Anton konnte gut verstehen, dass Arthur und die anderen die Pilzreste so schnell wie möglich loswerden wollten.

„Da vorn“, raunte Nepomuk, der mit zugehaltener Nase auf seiner Schulter hockte.

Anton hörte es auch: das leise Rauschen der Geisterstimmen. Leonardo, der vorausgefahren war, nickte ihnen zu. Sie hatten vermutet, dass die Geister sich am Brunnen waschen würden – immerhin beseitigte das Nixenwasser so ziemlich jede Verschmutzung, und vor sich auflösenden Knochen brauchten sich die Geister ja nicht zu fürchten.

Anton duckte sich hinter dem Eisladen und spähte zum Brunnen hinüber. Arthur und die anderen waren damit beschäftigt, sich zu säubern. Dabei machten sie ausgesprochen finstere Gesichter. Anton wechselte einen Blick mit seinen Freunden. Sie mussten nur noch etwas näher heran, dann würde ihr Plan aufgehen. Sie schlichen weiter. Behutsam öffnete Anton dabei seine Ampulle – und keuchte, als der Nebel über seine Hand floss und sich in rotem Feuer entzündete.

„Verdammt, was …“, fluchte er und schlug die Hand gegen sein Bein, um die Flammen zu löschen. „Furiosa hat sich geirrt! Der Zauber funktioniert nicht!“

Seine Freunde starrten ihn erschrocken an. In letzter Sekunde korkte Suna ihre Ampulle wieder zu. Nepomuk stieß ein warnendes Zischen aus, aber die Geister hatten sie bereits bemerkt. Schon brausten sie ihnen entgegen.

„Wen haben wir denn da?“, rief Arthur. „Seid ihr gekommen, um unsere Wäsche zu waschen?“

Sibille und Hauke lachten höhnisch. „Sieht eher so aus, als hätten sie einen Plan gehabt, der gerade spektakulär schiefgeht.“

Anton presste die immer wieder aufflackernde Hand gegen seine Brust und warf Suna einen verzweifelten Blick zu. Sie schrie auf, als sich der Korken aus ihrer Ampulle löste. Rasend schnell flammte das Feuer über Sunas Arm und griff auf Theo über. Panisch rannten die beiden zum Brunnen, um das Feuer zu löschen. Leonardo folgte ihnen ein Stück, aber dann fiel ihm seine Ampulle aus den Händen, und er wich vor dem entstehenden Feuerfleck zurück.

„Vielen Dank für dieses Schauspiel“, kicherte Sibille. „Da bessert sich meine Laune schlagartig!“ Sie musterte Gustav, der an Nepomuks Seite ängstlich vor ihr zurückwich.

Arthur hingegen wandte sich Anton zu. „Monsterjäger“, raunte der Geist und kam näher. „So nennst du dich doch?“

Anton schüttelte seine Funken sprühende Hand und ignorierte die Kälte, die ihm entgegenstob. „Ich nenne mich nicht nur so, ich bin auch einer!“

„Wirklich?“ Arthur hob eine Braue. „So siehst du nicht aus.“

„Dann habe ich einen Rat für dich“, flüsterte Anton. „Sieh genauer hin!“

Er stieß einen Pfiff aus – und im selben Moment wie seine Freunde riss er eine Nebelampulle aus der Tasche, die er darin versteckt gehalten hatte. Der Zauber erstrahlte in schneeweißem Licht, und gleichzeitig schleuderten sie ihre Ampullen von allen Seiten auf die Geister.

Der Plan ging auf. Arthur versuchte noch, die Schwaden zu zerreißen, aber sie schlangen sich binnen weniger Atemzüge um seinen Leib. Auch Sibille und Hauke wurden umwickelt und sanken auf die Knie. Sie wehrten sich nach Kräften, aber sie konnten sich nicht befreien.

Anton lächelte. Die Geister waren ihnen in die Falle gegangen. Seite an Seite mit Gustav trat Suna auf Arthur, Sibille und Hauke zu, und Anton spürte glühenden Triumph. Jetzt würde Suna ihr Portal zurückbekommen, und dann konnten sie die Geister in ihre Welt zurückschicken.

Das Wispern war kaum zu hören. Anton fuhr herum. Gustav schwebte immer noch neben Nepomuk. Aber dort am Rand des Platzes kauerte Stürmchen. Und er war nicht allein. Hinter ihm, die scharfen Klauen in seinen zarten Leib gegraben, richtete sich ein Stück purer Dunkelheit auf. Anton wich das Blut aus dem Kopf. Es war Tenebrae – Sibilles Haustier.

Und sie hatte Stürmchen in ihrer Gewalt.

Ein Tauschgeschäft

„Lass Stürmchen sofort frei!“ Gustav schoss auf Tenebrae zu, aber die richtete sich nur noch weiter auf und schickte rabenschwarze Finsternis über den Platz. Der kleine Geist erschauderte, als seine Kleidung sich dunkel färbte.

Arthur hingegen lachte laut. „Wie gewonnen, so zerronnen! Gut, dass die liebe Tenebrae immer ein Auge auf uns hat.“

„Und sie hat immer Hunger“, knurrte Sibille. „Da kommt so ein kleines Stürmchen gerade recht!“

„Nein!“, schrie Gustav. „Tut ihm nichts!“

Hauke grinste. „Würden wir doch nie tun.“

„Aber gegen Tenebraes Appetit kann ich nichts ausrichten“, fügte Sibille hinzu. „Vor allem, wenn ich in diesem Nebel feststecke. Dafür hast du sicher Verständnis.“

Wie auf einen stummen Befehl hin grub Tenebrae ihre Klauen noch tiefer in Stürmchens Leib, der aufgeregt anfing zu brausen. Gustav wurde so bleich, dass er auf dem finsteren Marktplatz leuchtete.

„Hört auf!“ Nepomuk legte schützend den Arm um Gustav. „Man vergreift sich nicht an Haustieren, wo bleibt denn da die Moral?“

„Wir sind Geister“, erinnerte Arthur ihn. „Wir leben davon,

unmoralisch zu sein. Aber zur Feier des Tages wollen wir mal nicht so sein. Lasst uns frei, und wir vergessen das Ganze."

Suna tastete nach ihrem Lasso. „Wenn wir das tun, werdet ihr uns angreifen!"

„Ihr überschätzt euch", meinte Sibille. „Ihr seid uns gar nicht so wichtig. Nicht jeder von euch jedenfalls."

„Legt den Nebel um euch", sagte Hauke. „Dann können wir euch nichts tun."

„Aber den da lasst ihr draußen." Arthur deutete mit dem Kinn auf Leonardo. „Er hat den Schlüssel zur Schatzkammer. Er wird uns begleiten."

Anton wurde eiskalt, als er Leonardos Blick erwiderte. Er wollte sich weigern, auf das Angebot einzugehen, aber ihm war klar, dass sie keine andere Wahl hatten. Und Leonardo war stärker, als er aussah. Er würde sich gegen die Geister behaupten können, zumindest eine Zeit lang. Stürmchen hingegen hatte Tenebrae nichts entgegenzusetzen. Und keiner von ihnen wollte riskieren, dass er von der Dunkelheit verschlungen wurde.

„Entscheidet euch", fuhr Arthur sie an. „Sonst kann ich für Stürmchens Sicherheit nicht garantieren!"

„Meinetwegen", sagte Leonardo. „Aber wenn den Kindern und ihren Begleitern auch nur ein Haar gekrümmt wird, jage ich die ganze Burgschule in die Luft. Und jedes magische Feuerwerk mit ihr!"

Er hatte mit solcher Schärfe gesprochen, dass die Geister eine Spur blasser wurden.

„Nun macht schon", knurrte Arthur. „Lasst uns frei!"

Anton wechselte einen Blick mit seinen Freunden. Gleichzeitig riefen sie den Nebel zu sich, der sich in einem Kreis um sie legte, und sofort stoben die Geister hoch in die Luft. Anton schwankte, als deren Bannmagie in den Nebel schoss. Schon fing sie an, den Nebel zu verzehren. Bald würde nichts mehr übrig sein als der Zauber der Geister, der Anton und seine Freunde gefangen hielt.

Tenebrae knurrte, als Sibille Stürmchen packte und Gustav in die Arme schleuderte. Arthur und Hauke packten den Rollstuhl von Leonardo. Kurz nur sah Anton noch die Sorge in Leonardos Blick – Sorge um ihn und seine Freunde.

Dann jagten die Geister mit ihm davon.

Ohne Angst kann man nicht mutig sein

„Es tut mir so leid.“ Gustavs Stimme war nicht mehr als ein Flüstern. Stürmchen kauerte in seinen Armen, die Augen so groß, dass sie aussahen wie dunkle Seen. „Ich hätte es wissen müssen. Arthur und die anderen haben immer einen Trick auf Lager.“

Niedergeschlagen wischte Theo sich das leuchtende Haar aus der Stirn. „Das ist nicht deine Schuld. Wir haben auch nicht an Tenebrae gedacht.“

„Außerdem helfen uns Selbstvorwürfe nicht weiter“, meinte Suna. „Ist euch auch so schwindlig?“

„Der Geisterbann hat es in sich“, sagte Anton. „Je hoffnungsloser wir sind, desto stärker wird er.“

Theo nickte. „Und bis er sich auflöst, werden Arthur und die anderen Leonardo sicher schon dazu gebracht haben, die Kammer zu öffnen.“

„Eure Zuversicht ist erdrückend.“ Nepomuk sah streng von einem zum anderen. „Also frage ich euch noch mal: Seid ihr Monsterjäger oder Jammerlappen?“

„Wir sind realistisch“, gab Anton zurück. „Wir sitzen hier fest, und …“

„Aber ihr seid nicht allein“, fiel ihm Nepomuk ins Wort.

„Bei euch ist das genialste Monstergenie, das es je gegeben hat: ich!“

Suna hob eine Braue. „Was willst du tun? Dich durch den Bannzauber fressen? Vielleicht hat Leonardo den Geistern schon den Schlüssel gegeben, dann …“

„Hat er ganz sicher nicht“, unterbrach Nepomuk sie. „Garantiertes Genieehrenwort.“

„Woher willst du das wissen?“, fragte Anton. „Kannst du neuerdings hellsehen?“

„Ich schließe nichts aus, was meine Fähigkeiten betrifft“, erwiderte Nepomuk bescheiden. „Aber nein, das ist nicht der Grund. Ich weiß, dass Leonardo den Schlüssel nicht weitergeben kann. Weil ich ihn habe.“ Damit zog er einen kleinen silbernen Schlüssel hervor. Anton und die anderen starrten darauf wie auf einen Zauber, der jederzeit zerplatzen konnte. Aber Nepomuk klopfte mit den Nägeln gegen das Metall. „Das ist er: der Schlüssel zur Kammer. Leonardo hat ihn mir anvertraut, als wir Furiosa verlassen haben. Er fürchtete, dass etwas schiefgehen könnte. Und ich habe eben ein perfektes Pokerface. Mich durchschaut niemand.“

„Wieso hast du uns nichts davon gesagt?“, rief Gustav empört. „Mir wäre vor Angst fast das Herz stehen geblieben, wenn ich denn eins hätte!“

„Genau deswegen habe ich euch

nichts verraten", erwiderte Nepomuk. „Immerhin durften Arthur und die anderen keinen Verdacht schöpfen. Und eure Angst war täuschend echt."

„Aber wir stecken immer noch in diesem Käfig fest." Suna stöhnte. „Der Bann lässt mich schon doppelt sehen."

„Mich kann man gar nicht oft genug sehen", gab Nepomuk zurück. „Allerdings verstehe ich, was du meinst. Der Bann hat meine Magie eingekreist wie ich meine Keksvorräte. Doch es gibt jemanden, den er nicht beeinflusst. Ein Geisterbann wirkt nicht auf einen anderen Geist."

Alle drehten sich zu Gustav um. „Ich soll den Bann brechen?", flüsterte er und drückte Stürmchen so fest an sich, dass dessen Augen ein Stück hervorquollen. „Aber ich bin nur ein sehr schwacher Geist. Ich habe noch nie …"

„… an dich geglaubt?", fragte Anton leise. „Dann wird es Zeit, dass du endlich damit anfängst."

Gustav schüttelte den Kopf. „Ich bin kein Held so wie ihr. Eigentlich fürchte ich mich die ganze Zeit."

„Und du denkst, wir haben keine Angst?" Suna lächelte. „Du hättest uns in den Katakomben der Schule sehen sollen."

„Oder Auge in Auge mit Sniffels Törtchen", fügte Theo hinzu. „Du hast dich in die Menschenwelt getraut, was kein anderer Geist einfach so über sich gebracht hätte. Und ohne dich wären wir nie so weit gekommen."

Gustav schaute mit großen Augen von einem zum anderen. „Ich weiß nicht, ob …"

„Papperlapapp." Nepomuk legte dem Geist die Pfote auf die

Schulter. „Der nervige Wicht namens Zweifel zieht jetzt mal Leine, klar? Und vergiss nicht: Ohne Angst kann man auch nicht mutig sein. Das ist es nämlich, was Helden ausmacht."

Anton konnte sehen, wie die Worte in Gustav hineinsanken und den Geist mit warmem Licht erfüllten. Dann holte Gustav tief Luft. Er breitete die Arme aus – und unter dem wachsamen Blick von Stürmchen schickte er einen bunten Funkenstrom in den Nebel. Kurz glühte der auf, dann zersprang er in flirrende Glitzerlichter.

Gustav stieß einen Jubelruf aus. „Ich habe es geschafft!" Er fiel Nepomuk in die Arme, der – umgeben von einer Glitzerwolke – dem Geist den Rücken tätschelte.

„Sag ich doch", meinte der Traum. „Wenn du mal nicht weiterweißt: Hör einfach auf mich."

Anton spürte, wie die Auswirkungen des Bannzaubers nachließen, und er sah die wieder erwachende Kraft auch in den Augen seiner Freunde. Kurz nur nickten sie einander zu. Dann eilten sie durch die Nacht – so schnell sie konnten – zur Burgschule.

Wie aus einer anderen Welt

In der Burgschule war es totenstill. Seit Ferienbeginn hatte Anton sie nicht mehr betreten, und irgendwie rechnete er damit, jede Sekunde den anderen Schülern oder seinen Lehrern in die Arme zu laufen. Aber gleichzeitig wusste er, dass das nicht passieren würde. Niemand war hier außer seinen Freunden und ihm … und drei gefährlichen Geistern.

„Ich hätte nie gedacht, dass ich das mal sagen würde", flüsterte Theo. „Aber ohne Septimus Frost wirkt die Schule noch viel düsterer als mit ihm."

Suna grinste. „Vor allem, wenn er einen geblümten Morgenrock trägt."

Der Gedanke an Septimus Frost im Heilungskleidchen hellte die Stimmung ein wenig auf. Jedenfalls bis sie Edwin Sniffels Raum erreichten. Eisige Kälte wehte ihnen entgegen. Wispernd hallten die Stimmen der Geister von den Wänden wider – und die dunkle Stimme von Leonardo.

„Ihr scheint euch mit Schlüsseln nicht besonders gut auszukennen", sagte der Erfinder gerade. „Sonst hättet ihr nicht solche Probleme mit einem einfachen Türschloss."

„Ich bin fast drei Jahrzehnte ein Schlossgeist gewesen", empörte sich Sibille. „Mit Schlössern kenne ich mich hervorragend aus! Ich habe sogar meine *Zusatzqualifikation für Kerker und Verliese* gemacht! Und bei der Prüfung *Schlossknacken* war ich die Schnellste!"

„Na", entgegnete Leonardo schlicht. „Man wird nicht jünger, was?"

Sibilles Empörung wurde zu einem Windstoß, der aber gleich darauf von einem Fluch Arthurs unterbrochen wurde. „Verdammt, Schluss damit! Wie soll ich diesen winzigen Schlüssel ins Schloss kriegen, wenn ihr mich die ganze Zeit ablenkt? Und schafft mir diese teuflische Efeutute aus dem Gesicht!"

Ein Rumpeln ertönte, gefolgt von einem Schmerzensschrei. „Verdammtes Unkraut!", kreischte Hauke, und Anton musste sich auf die Lippe beißen, um nicht loszulachen. Offenbar hatte Sieglinde ihrem Ruf alle Ehre gemacht. Er wagte einen Blick durch die halb angelehnte Tür.

Leonardo saß vollkommen gelassen in der Mitte des Zimmers, Hauke hatte sich den verletzten Daumen in den Mund gesteckt und schob Sieglinde aufs Fensterbrett, und Sibille kraulte Tenebrae, die wütende Blicke auf die leuchtenden Planeten warf, die sich über Sniffels Schreibtisch drehten. Arthur hingegen hockte vor der verschlossenen Kammertür und fummelte mit einem winzigen Schlüssel herum. Er fluchte, als er ihm aus den Fingern glitt.

„Vorsichtig", mahnte Leonardo. „Es ist ein magischer Schlüssel. Wenn du ihn beschädigst, kann er sich in Luft auflösen. Oder explodieren. Oder was magische Schlüssel sonst

so tun, wenn man ihnen zeigt, dass man nicht mit ihnen umgehen kann."

Arthur drehte sich gefährlich langsam zu ihm um. „Hör auf, mich zu nerven! Sonst stopfe ich *dich* gleich in dieses Schlüsselloch!"

Leonardo lächelte milde, aber Anton zog die Schultern hoch. Ihm war klar, dass es nur eine Frage der Zeit war, bis Arthur und die anderen begriffen, dass Leonardo ihnen nur eine Attrappe gegeben hatte. Und dann würden sie herausfinden wollen, wo sich der echte Schlüssel befand. Mit allen Mitteln. Suna legte die Hand auf ihr Lasso, und Theo nickte, als Anton drei Finger hob. Mit klopfendem Herzen zählte er in Gedanken rückwärts. *Drei … zwei … eins … jetzt!*

Anton sprang in den Raum und schoss mit seinem Hamster eine Salve an Leuchtezaubern auf Arthur, der mit wütendem Aufschrei zurückwich und versuchte, seinen brennenden Ärmel zu löschen. Suna schlang ihr Lasso um Hauke und beförderte ihn mit einem Ruck wieder in Sieglindes Nähe, worauf die Efeutute sich in seiner Nase verbiss, und Theo umfing Sibille und Tenebrae mit seinem Blendlicht. Beide kreischten auf, und als Leonardo die Faust ballte, glühte der winzige Schlüssel zwischen Arthurs Fingern auf und zischte wie ein Bumerang durch die Geisterkörper und zu Leonardo zurück.

Sibille und Hauke krümmten sich zusammen, doch Arthur riss die Arme in die Luft. Er brüllte so laut, dass Anton die Luft aus der Lunge gepresst wurde und er neben Suna und Theo zu Boden ging. Tenebrae baute sich vor ihnen auf, und kurz spürte Anton nichts als Finsternis und das schreckliche Brüllen in seinem Kopf.

Aber dann bemerkte er ein blaues Leuchten in der Zimmerecke, schwach wie ein verblassender Traum – und doch deutlich genug, um ihn vor einer Ohnmacht zu bewahren. Das Leuchten löste das Gitter vom Heizungsschacht. Scheppernd fiel es zu Boden. Die Geister fuhren herum. Und da schoss Nepomuk aus dem Schacht, packte den Singenden Barsch von Edwin Sniffel und schleuderte ihn Arthur ins Gesicht.

Hinter ihm tauchte Gustav aus dem Schacht, und während Nepomuk quer durch den Raum sprang, stürzte Stürmchen sich auf Tenebrae. In wildem Brausen plusterte er sich auf und trieb die Dunkelheit auseinander, bis sie aussah wie ein aufgelöster Stinkenebel und Sibille und Hauke die Sicht nahm. Nepomuk landete in alter Springspinnenmanier an der Kammertür, schob den richtigen Schlüssel ins Schloss und öffnete sie.

Arthur kreischte auf, ob aus Wut oder Erstaunen, wusste Anton nicht. Aber er kam auf die Beine und fühlte gleichzeitig die Kälte, die ihn und seine Freunde von den Geistern zurücktrieb. Wie in einem Schneesturm musste er die Augen zusammenkneifen, während Arthur in die Kammer schoss, in der Nepomuk gerade verschwunden war. Anton stieß einen Schrei aus, als Arthur mit Nepomuk zwischen den Fingern wiederauftauchte. Doch der Traum warf Gustav etwas zu. Der Geist fing es auf. Und mit grellem Schillern entfaltete sich Edwin Sniffels berühmter Spiegelzauber in Gustavs Händen.

Blitzschnell richtete er die Scherben auf die drei Geister, deren Sturm sich umgehend gegen sie selbst richtete. Anton und seine Freunde wurden so abrupt aus dessen Griff entlassen, dass sie nach vorn taumelten. Arthur, Sibille und Hauke jedoch schwebten, umgeben von Schneegestöber in der Luft, die Arme erhoben, so heftig zerrte ihr eigener Sturm an ihnen. Selbst Tenebrae schmolz zu einem fast niedlichen schwarzen Fleck zusammen.

Nepomuk flutschte aus Arthurs Hand und riss eine von Edwin Sniffels Flammenschnüren vom Haken. Er entzündete sie und schloss die Geister in einem Bannkreis aus flackernder Luft ein. Der Sturm erstarb. Tenebrae huschte auf Sibilles Arm, die Augen entsetzt auf die flackernde Luft gerichtet.

Mit erhobenem Lasso trat Suna auf den Bannkreis zu. Gustav war an ihrer Seite, und als Arthur nach seiner Brusttasche griff, schlug sie ihm über die Finger. Gleich darauf stürzte Sunas Uhr zu Boden. Das Lasso schnellte vor, Suna zog es zurück und fing die Uhr auf. Kurz nur wechselte sie mit Gustav einen Blick. Sie würden nicht länger zögern, das war Anton klar. Es war höchste Zeit, die Geister in ihre Welt zurückzuschicken.

Nepomuk huschte auf seine Schulter, als Suna die Uhr hob. Helles Licht glomm in dem Portal auf. Die Münder von Sibille und Hauke verzerrten sich. Auch Arthur verzog das Gesicht … zu einem Lachen.

Der Schreck traf Anton so heftig, dass er taumelte. Er sah noch, wie Arthur Suna anschaute – voller Spott. Dann streckte er die Hand nach der Kammer aus. Und als hätte die Geste sie gerufen, brach eine Stimme aus dem Raum, so grausam und wunderschön, dass Anton keine Luft mehr bekam.

Es war eine Stimme wie aus einer anderen Welt.

Die Maske fällt

Die Stimme schlang sich mit solcher Gewalt um Antons Körper, dass er zu Boden ging. Aber schlimmer noch war die Tatsache, dass die Stimme auch in seinen Kopf drang, in seine Gedanken, seine Gefühle. Entsetzt starrte er wie seine Freunde auf das flirrende Licht, das nun aus der Kammer und auf Arthurs ausgestreckte Hand zuschwebte.

Arthur lachte so laut, dass seine Stimme von den Wänden widerhallte. Aus dem Augenwinkel sah Anton, dass auch Sibille und Hauke ihn mit aufgerissenen Augen anstarrten. Dann erreichte das Licht Arthurs Hand. Es flammte darüber hin wie ein Tänzer. Gleich darauf wurde es gleißend hell und schoss in Arthurs Kehle hinein. Dessen Lachen wurde zu einem ohrenbetäubenden Schrei. Er riss den Kopf zurück … und seine Stimme wurde vollkommen.

Anton kannte sich nicht besonders gut mit klassischer Musik und Opern aus. Aber er hatte einmal eine Arie von einem berühmten Tenor gehört, die ihm unter die Haut gegangen war. Er hatte kein Wort verstanden, weil die Arie auf Italienisch gesungen worden war. Aber die Stimme des Sängers hatte ihn jedes Wort fühlen lassen, so intensiv, dass ihm die Tränen gekommen waren. Anschließend hatte er sich ein wenig dafür geschämt. Aber insgeheim hatte er immer wieder an dieses Erlebnis gedacht. Niemals zuvor und auch danach nie wieder hatte er etwas gehört, das so überirdisch schön war wie diese Stimme. Bis jetzt.

Das Lachen hatte sich zu einem dunklen, durchdringenden Gesang gewandelt. Anton verstand auch hier die Worte nicht, aber sie erfüllten ihn in schwarzen Wellen, hoben ihn in ungeahnte Höhen, nur um ihn gleich darauf umso tiefer stürzen zu lassen. Sie strömten in jede Faser seines Körpers, sodass er keinen Zweifel daran hatte, dass diese Töne ihn auseinanderreißen konnten, wenn sie sich dazu entschlossen.

Auch seine Freunde starrten in einer Mischung aus Hingabe und Entsetzen zu Arthur hinüber und sahen zu, wie das Licht über seinen gesamten Körper glitt. Es entfachte sich zu Flammen und verzehrte Arthurs Körper wie Papier … wie eine Maske. Und darunter lag ein anderer Geist. Einer, der Anton nicht unbekannt war.

Sein Haar war golden wie die Sonne, seine Haut silbern wie das Licht des Mondes, und in seinen schwarzen Augen schimmerte Sternenstaub. Er war makellos wie seine Stimme. Sein Lächeln jedoch war kalt und gnadenlos, und als er Gesang aufbranden ließ wie ein alles verschlingendes Meer, brauste sein Name durch Antons Gedanken: Orpheus. Es gab keinen Zweifel. Vor ihnen stand der Dunkle Sänger … jener Geist, der schon einmal versucht hatte, Helltoren ins Chaos zu stürzen. Und dieses Mal, das hörte Anton in jedem Ton, würde er sich nicht so einfach aufhalten lassen.

Die Stimme schlang sich mit solcher Gewalt um Antons Leib, dass er aufkeuchte. Auch Theo und Leonardo verzogen vor Schmerzen das Gesicht, und selbst Nepomuk, Gustav und Stürmchen konnten sich nicht mehr rühren. Suna jedoch wurde von der Stimme vorwärtsgezogen, auf Orpheus zu. Sie kämpfte dagegen an, aber als Orpheus die Hand nach ihr ausstreckte, hob sie wie gegen ihren Willen ebenfalls die Hand. Die Uhr darin glühte noch einmal auf. Es sah aus wie ein versagender Herzschlag. Dann ließ Suna das Portal los, und Orpheus schloss seine Finger darum.

Kurz lächelte Orpheus auf sie herab. Dann breitete er die Arme aus, und mit einem gewaltigen Donnern zerriss er den Bannkreis um sich herum. Anton presste die Hände gegen die Ohren, so kreischend schrammte der Gesang durch seinen Kopf, ehe er plötzlich abbrach.

Ein schrilles Fiepen hallte in Antons Schädel nach. Schwer atmend hob er den Blick. Seine Freunde und auch Sibille und Hauke waren zu Boden gegangen.

Orpheus jedoch war verschwunden.

Das Fulminante Feuerwerk

Das Fiepen in Antons Ohren ließ nur langsam nach. Neben ihm rieb sich Theo die Augen, als könnte er nicht glauben, was er gesehen hatte. Leonardo berührte tröstend Sunas Hand, und Nepomuk schüttelte sich. Gustav starrte mit Stürmchen im Arm auf die Stelle, an der Orpheus verschwunden war. Dahinter richteten sich Sibille und Hauke auf. Sie sahen ebenso verwirrt aus wie Tenebrae.

„Was zur Hölle …?“ Anton merkte erleichtert, dass seine eigene Stimme das Fiepen im Kopf zurückdrängte.

„Die wollte Orpheus auch nicht haben“, knurrte Nepomuk. „Jedenfalls, wenn man den Gerüchten glaubt.“

„Ich hatte recht“, flüsterte Gustav. „Arthur ist wirklich in die Ferien gefahren. In Wahrheit war seine Erscheinung nur eine Maskerade. Und dahinter steckte Orpheus!“

Suna holte Luft. „Er hat das Portal. Seine Stimme hat mich dazu gebracht, es ihm zu geben. Ich konnte nichts dagegen tun.“

„Dafür ist Orpheus bekannt“, seufzte Gustav. „Seine Stimme war schon zu Lebzeiten was Besonderes. Fast so wie bei dem mythologischen Orpheus, der mit seinem Gesang sogar den Höllenhund Kerberos vom Bellen abhalten konnte.“

„Bei unserem Cerberus hätte er damit sicher keinen Erfolg gehabt", meinte Anton. „Und der Orpheus aus der Mythologie hat den Kopf verloren. Der Dunkle Barde hat seinen noch."

„Im Gegensatz zu mir, wenn das so weitergeht", schnaubte Nepomuk. „Was zum Teufel will er in unserer Welt?"

„Vermutlich das, was er schon früher wollte", antwortete Leonardo. „Unruhe stiften. Beim letzten Mal hat Edwin Sniffel ihn zurück in die Geisterwelt geschickt, indem er seine Stimme gefangen hat."

„Die hatte er in der Goldenen Büchse in seiner Kammer aufbewahrt", meinte Theo. „Und jetzt hat Orpheus sie zurück. Mit unserer Hilfe."

Suna hob die Brauen. „Du denkst, er hat das alles geplant?"

„Er hat es darauf angelegt, uns hierherzulocken und die Kammer zu öffnen", sagte Anton. „Dann hat er sich seine Stimme zurückgeholt. Und jetzt ist er noch mächtiger als vorher."

„Und zu allem Überfluss hat er auch noch das Portal." Suna fuhr sich über die Augen. „Er wird es öffnen."

Behutsam legte Anton den Arm um sie. „Das kann er nicht. Er ist nicht sein Wächter."

„Doch, eine Möglichkeit gibt es", widersprach Suna. „Er kann das Portal öffnen, indem er es zerstört."

„Niemand kann ein magisches Portal einfach so zerstören", stellte Nepomuk klar. „Dazu bräuchte man einen Zauber, der aus den gleichen Zutaten besteht wie das Portal selbst. Aber das …"

Er verstummte in plötzlicher Erkenntnis. Sunas Portal

bestand aus dem Holz des Zauberbaums. Genau wie … In atemloser Gleichzeitigkeit schauten sie in die Kammer.

„… das Fulminante Feuerwerk.“ Anton starrte auf den Platz im Regal, wo für gewöhnlich das Feuerwerk aufbewahrt wurde. Er war leer.

Suna schwankte. „Orpheus hat das Feuerwerk. Und er hat das Portal. Jetzt ergibt alles einen Sinn. Er wird das Portal zerstören, und dann wird sich die Geisterwelt nie mehr schließen!“

„Das wird er nicht“, sagte eine Stimme hinter ihr. „Nicht, wenn wir ihn daran hindern.“

Geister und Menschen

Sibille und Hauke rührten sich nicht. Tenebrae hatte sich zu einer beinahe niedlichen Wolke zusammengezogen, und Sieglinde starrte die drei genauso erstaunt an wie Anton und seine Freunde.

„Was habt ihr gerade gesagt?“, fragte Nepomuk, der sich als Erster fing. „Ist das wieder einer eurer Tricks?“

„Wir wussten nicht, dass Orpheus sich eine Arthur-Maske gebastelt hat“, erklärte Sibille. „Wir sind genauso überrascht wie ihr.“

Anton zog die Brauen zusammen. „Arthur ist euer bester Freund. Und ihr wollt uns erzählen, dass ihr nicht gemerkt habt, dass er es gar nicht war?“

„Er war schon ein bisschen anders als sonst“, meinte Hauke. „Irgendwie … düsterer.“

„Und Tenebrae mochte ihn nicht besonders“, fügte Sibille hinzu. „Aber sie ist eben manchmal ein bisschen eigensinnig. Wir haben uns nichts weiter dabei gedacht.“

„Abgesehen davon waren wir megaaufgeregt, weil es in die Menschenwelt ging“, ergänzte Hauke auf einmal ziemlich kleinlaut. „Da hatten wir andere Dinge im Kopf als Arthurs Launen.“

„Wehrlose Menschen in Geister verwandeln zum Beispiel“, murmelte Theo.

Sibille warf ihm einen Blick zu. „Es steht dir gut, ein Geist zu sein. Deine Farbe gefällt mir.“

„Danke.“ Theo wurde ein bisschen rot.

„Ihr habt meine Erfindungen geschmolzen“, sagte Leonardo finster. „Und Karikaturen daraus geformt.“

Hauke grinste schief. „Sie sind uns ziemlich gut gelungen, finde ich. Aber wenn du willst, bringen wir das wieder in Ordnung.“

„Ihr habt auch sonst jede Menge Chaos angerichtet“, meinte Anton. „Und jetzt behauptet ihr, dass ihr Orpheus zurück in seine Welt schicken wollt? Er will das Portal zerstören und die Geisterwelt für immer offen halten. Das müsste euch doch gefallen.“

„Es ist eine Sache, mal einen Ausflug in eure Welt zu machen“, sagte Hauke. „Aber für immer wollen wir hier nicht bleiben. Das wäre so, als würdet ihr in einer Geisterbahn leben. Gruselig.“

„Es ist aufregend, in eurer Welt zu sein“, meinte auch Sibille. „Doch auf Dauer wäret ihr Menschen mir zu viel. Immerhin seid ihr ganz schön unheimlich.“

Hauke nickte. „Das stimmt. Allein euer Lachen.“

„Oder euer Herzschlag“, fügte Sibille hinzu.

„Euer Weinen“, ergänzte Hauke.

„Und eure kriminelle Energie, wenn es darum geht, armen Träumen die Kekse wegzuessen.“ Nepomuk hatte das wie zu sich selbst gesagt. Als er merkte, dass alle ihn anschauten, straffte er die Schultern. „Ich weiß, was ihr meint. Menschen in Maßen sozusagen."

„Außerdem hatten wir nie vor, jemandem ernsthaft zu schaden", beteuerte Sibille. „Wir wollten einfach nur ein bisschen Spaß haben."

„Und dafür habt ihr mich benutzt", sagte Gustav. „Ihr habt mich gezwungen, das Portal zu öffnen, weil ihr wusstet, dass ich schwach genug bin, das zu tun. Euch war klar, dass ich beweisen wollte, dass ich kein Angsthase bin."

Schuldbewusst wechselten Sibille und Hauke einen Blick. „Es war nicht in Ordnung von uns, dass wir dich so unter Druck gesetzt haben", räumte Hauke ein. „Dafür entschuldigen wir uns."

„Aber wir haben dich nicht gefragt, weil wir dich für einen Angsthasen halten", fügte Sibille hinzu. „Im Gegenteil. Wir ahnten, dass du der Einzige bist, der sich trauen würde, in die Menschenwelt zu reisen. Immerhin haben wir gehört, wie oft du von der Menschenwelt erzählt hast. Du hast uns neugierig gemacht. Da wollten wir einfach selbst sehen, wie es hier ist."

Gustav sah sie mit großen Augen an. „Ihr habt meine Geschichten gehört?"

Sibille nickte. „Arthur würde es nie zugeben, aber er war derjenige, der uns immer wieder zu den Kieseln geschleppt hat, weil er dir zuhören wollte. Ich glaube, dass er dich für einen großen Geschichtenerzähler hält. So wie wir."

Hauke kratzte sich verlegen am Kopf. „Ehrlich gesagt hätte

ich nicht erwartet, dass sie wahr sind. Deine Geschichten von diesen Menschen da …“ Er schaute zu Anton und den anderen herüber. „Aber das sind sie. Wir haben es mit eigenen Augen gesehen. Und wir werden uns ganz bestimmt nicht mehr über dich lustig machen.“

„Deine Geschichten sind großartig“, fuhr Sibille fort. „Du solltest sie nicht nur den fröhlichen Kieseln erzählen. Ich gehe jede Wette ein, dass auch die anderen Geister sie gern hören würden. Vermutlich würden sie dir sofort einen Zusatznamen geben. Gustav der Grenzenlose zum Beispiel.“

Gustav wurde leuchtend rot. „Gustav der Grenzenlose“, flüsterte er. „Das klingt fantastisch.“

„Total“, seufzte Nepomuk. „Leider bringt uns ein neuer Name jetzt auch nicht weiter. Orpheus ist abgehauen, und selbst wenn ihr uns helft … wir haben keine Ahnung, wo er ist.“

„Das Fulminante Feuerwerk braucht etwas Zeit, um sich zu entzünden“, überlegte Hauke. „Orpheus wird in sein Haus gegangen sein, wo er Ruhe hat.“

„Das Spukhaus“, flüsterte Anton.

Sibille nickte. „Dort wird er das Feuerwerk entzünden und das Portal zerstören. Jedenfalls, wenn wir ihn nicht aufhalten.“

„Und das wollt ihr tun?“ Gustav sah sie an. „Seite an Seite mit mir und … Menschen?“

„Orpheus hat uns für dumm verkauft“, sagte Hauke. „Das lassen wir uns nicht gefallen.“

„Und außerdem haben wir einen Fehler wiedergutzumachen", fügte Sibille hinzu. „Wir haben uns so lange vor der Menschenwelt gefürchtet. Aber in ihr steckt viel mehr, als wir dachten. Der Sternenhimmel. Die staunenden Blicke der Kinder, die uns erkannt haben und gar keine Angst vor uns hatten. Und ihre Wärme, die uns durchströmt hat, wenn sie uns berührt haben, als wären wir Wesen aus einem schönen Traum."

Bei ihren Worten tauchten Farben in ihrem Körper auf, wie bunte Steine, die sich langsam aus einem tiefen See an die Oberfläche hoben.

„Wir wollen nicht nur die Welt der Geister beschützen", bekräftigte Hauke. „Sondern auch die Welt der Menschen."

„Geister und Menschen", sagte Anton leise, und ein feierliches Gefühl ergriff ihn. „Gemeinsam haben wir eine Chance."

Für einen Moment sahen sie einander an, und als sie lächelten, glitten die Farben mit aller Kraft über Sibille und Hauke hin. Sie fühlten sich auf Antons Haut an wie warme Atemzüge.

Bei allen bösen Geistern

Das Spukhaus blickte aus dunklen Fenstern in die Nacht. Efeuranken hatten die Fassade erklommen, die Bäume im Vorgarten erinnerten an erstarrte Schatten. Eins war sicher: Dieses Haus brauchte weder Spinnennetze noch zweibeinige Gruselpferde, um unheimlich zu wirken.

„Scheint keiner da zu sein“, murmelte Nepomuk, als sie näher heranschlichen.

„Uns Geister bemerkt man nicht, wenn wir es nicht wollen“, raunte Sibille. „Jedenfalls normalerweise. Also seid vorsichtig. Orpheus kann überall sein.“

Der Traum nickte düster. Er hockte neben Gustav auf Leonardos Lehne. Die beiden hatten sich mit Sniffels Brausepulver gestärkt, das wie eine Vitaminspritze für magische Kreaturen funktionierte und nebenbei die Haare vom Körper abstehen ließ, sodass sie entfernt an Flaschenbürsten erinnerten.

Suna und Theo hielten sich dicht bei Leonardo. Stürmchen und Tenebrae huschten ihnen nach, und Anton bildete hinter Sibille und Hauke das Schlusslicht. Auf dem Weg hierher waren sie am Buchladen vorbeigekommen, und er hatte seine Eltern durch die Scheibe gesehen, friedlich schlafend auf ihrem Matratzenlager. Am liebsten hätte Anton sie in den Arm genommen. Aber er hatte sich gezwungen, schnell weiterzulaufen. Die Nacht näherte sich ihrem Ende.

Vorsichtig tastete er nach den Kapseln in seiner Tasche. Wie seine Freunde hatte er sich in Edwin Sniffels Kammer mit Zaubern ausgestattet. Ihr Lehrer hatte die Kapseln *Tortenguss* genannt, und wenn man Sniffels Leidenschaft für widerliche Törtchen kannte, war klar, dass dieser Zauber es in sich hatte. Anton lächelte. Er würde die Menschen von Helltoren beschützen – mit allen Mitteln.

Vor der Haustür stopften sie sich die magischen Stöpsel in die Ohren, die sie aus der Kammer mitgenommen hatten, und Sibille und Hauke glitten durch die Wand. Für quälende Sekunden war es totenstill. Dann klackte es im Schloss, und die Tür wurde geöffnet.

„Hab ich doch gesagt, dass ich mich mit Schlössern auskenne", wisperte Sibille stolz. „Hereinspaziert!"

Sie gelangten in einen langen Flur. Es roch nach alten Polstermöbeln – und dem blumigen Parfum von Frau Hempele. Sie schaute in den alten Häusern regelmäßig nach dem Rechten, und Anton machte drei Kreuze, weil er sie schnarchend im Buchladen gesehen hatte. Eine Begegnung mit der überkandidelten Verwalterin hätte ihm gerade noch gefehlt.

Sie schlichen den Flur hinab, doch nirgends gab es eine Spur von Orpheus. Anton trat durch die Wohnzimmertür und wich in letzter Sekunde einem Kissen aus, das auf ihn zuflog. Es traf Nepomuk und riss ihn von Leonardos Lehne. Ans Kissen geklammert kugelte der Traum quer über den Flur. Anton ließ seinen Hamster aufglühen – und starrte in ein blasses Gesicht mit Schlafmütze.

„Steffen König“, brachte er hervor und ließ den Hamster sinken. „Was machen Sie denn hier?“

Der Autor trug ein weißes Nachthemd und flauschige Häschenhausschuhe. In der linken Hand hielt er sein Notizbuch, in der rechten ein weiteres Kissen. Er bewegte den Mund, aber erst, als Anton einen Ohrstöpsel herauszog, konnte er ihn verstehen.

„… ein Witz sein?“, fragte Steffen König. „*Ihr* seid bei *mir* eingebrochen, nicht umgekehrt! Also, was macht *ihr* hier?“

„Wir haben was zu erledigen“, mischte Leonardo sich ein. „Wieso sind Sie nicht in der Buchhandlung, sondern spuken in diesem Aufzug hier herum?“

Beleidigt strich Steffen König über seine Schlafmütze. „Das ist meine Ideenmütze. Die brauche ich, jetzt, da bei meiner Lesung alle eingeschlafen sind. Verletzte Künstlerseele und so. Ihr versteht schon. Ich glaube, die schlafen immer noch. Das konnte ich nicht länger mitansehen.“

„Dann haben Sie mitbekommen, was passiert ist?“, fragte Suna. „Der kalte Wind und …“

„… die Geister?“, beendete Steffen König ihren Satz. „Sicher. Das Ganze war recht beeindruckend. Deswegen habe ich auch schon angefangen, es aufzuschreiben. Vielleicht wird mal eine Geschichte daraus.“

Wunder

„Wieso sind Sie nicht überrascht?“, fragte Theo erstaunt. „Sie haben eine Höllenkatze aus Ihrem Buch herausgelesen! Wundert Sie das gar nicht?“

„Es ist mein Beruf, mich zu wundern“, gab Steffen König zurück. „Das ist nichts Außergewöhnliches für mich.“

„Deswegen hat der Traumstaub Sie nicht einschlafen lassen“, murmelte Anton nachdenklich. „Und deshalb wurden Sie auch nicht verwandelt. Weil Sie magisch sind … ein Magier der Worte!“

Geschmeichelt rückte Steffen König seine Mütze zurecht. „Man tut, was man kann.“

Suna warf einen Blick über die Schulter, dann trat sie einen Schritt auf den Autor zu. „Sie sollten nicht hier sein“, wisperte sie. „Hier geht etwas vor, das … nun ja … gefährlich ist.“

Steffen König hob die Brauen. „Gefährlicher als Tiffany? Das glaube ich kaum. Vergesst nicht: Ich habe sie mir ausgedacht! Ich bin eben …“

Die Stimme erklang so unerwartet, dass Anton zusammenfuhr. Sie drang aus den Dielen, den Wänden, selbst der Decke, ließ die Gläser in den Schränken klirren und brachte den Boden zum Beben, so heftig, dass Nepomuk mitsamt Kissen flummigleich in ihre Richtung hüpfte. Gleichzeitig fiel von draußen rotes Licht ins Haus. Anton stürzte zum Fenster. Steffen König quetschte sich neben ihn. Mit weit aufgerissenen Augen starrte er hinaus in den hinteren Garten.

„Bei allen bösen Geistern“, flüsterte er. „Was zur Hölle geht hier vor?“

Feuer und Eis

Der Garten stand in Flammen. Ein großer Feuerkreis zog sich über den Rasen, einzelne Büsche loderten wie Fackeln, und in der Mitte stand Orpheus, die Hände mit dem Portal zum Himmel erhoben. Funken sprühten über seine Finger.

Anton sah, dass Orpheus den Mund bewegte, und stopfte sich eilig den Stöpsel zurück ins Ohr. Nepomuk steckte Steffen König kurzerhand Toilettenpapier in die Ohren. Aber der Dichter wandte sich keine Sekunde von dem Schauspiel ab, das sich ihm dort draußen bot. Orpheus' Stimme schürte das Feuer – und dann, mit einer gewaltigen Explosion, schossen Kreaturen aus den Flammen. Ihre Körper bestanden aus Feuer. Frauen in wehenden Gewändern, Männer mit entstellten Gesichtern und sogar Kinder, die rasend schnell durch die Luft glitten. Und dann sprang der kopflose Reiter samt Pferd aus der Glut und galoppierte mit Funken sprühenden Hufen durch den Garten. Orpheus rief einen Befehl. Die Feuerwesen jagten auf die Straßen Helltorens zu. Und hinter den Dächern färbte sich der Nachthimmel langsam heller.

Anton setzte sich in Bewegung. Seine Freunde folgten ihm sofort, denn eines war klar: Sie mussten Orpheus aufhalten und das Portal an sich bringen, ehe es zu spät war.

Die Hitze schlug Anton wie eine Wand entgegen, als er in den Garten trat. Orpheus schickte mächtige Feuerströme durch das Portal. Noch hielt es stand, aber es war nur eine Frage der Zeit, bis es in Flammen aufgehen würde. Als hätte er diesen Gedanken gehört, sah Orpheus grinsend zu Anton herüber. Anton riss drei Kapseln auf einmal aus seiner Tasche und schoss eine gewaltige Ladung Tortenguss auf Orpheus. Der wich zwar aus, aber ganz nach Edwin Sniffels Rezept folgte der Tortenguss der Bewegung und schlug Orpheus vor die Brust. Der Dunkle Barde flog durch die Luft und landete am Rand seines Feuerkreises auf dem Rücken, über und über mit klebrigem Schleim bedeckt.

Sofort sausten Nepomuk und Gustav über die Flammen hinweg und begossen Orpheus mit Traumglitzerstaub. Theo umhüllte ihn mit seinem Blendglaslicht, sodass Orpheus schmerzerfüllt das Gesicht verzog, und Suna peitschte mit ihrem Lasso sein Feuer zurück. Stürmchen bedeckte etliche Glutherde mit Erde, und Tenebrae verschlang einige Flammen mit wachsendem Appetit. Orpheus rappelte sich auf, doch Sibille traf ihn mit dem Kaugummiwerfer in die Kniekehlen und brachte ihn erneut zu Fall, während Hauke einen Teil des brennenden Kreises mit seinem eisigen Atem erstickte. Gleichzeitig schickte Leonardo winzige Netze durchs Feuer, die Orpheus am Boden fesselten.

Doch da stieß der Dunkle Barde einen Schrei aus, so laut, dass Anton trotz Ohrstöpseln zusammenzuckte. Die Töne drangen in ihn ein und zerbrachen die Stöpsel zu Asche. Das

Fiepen war zurück, und Anton schwankte, als Orpheus jetzt seine Fesseln zerriss und sich aufrichtete. Mit einem Fingerzeig ließ er das Feuer wieder auflodern, so glühend heiß, dass die Luft in Antons Lunge brannte. Er hustete. Schemenhaft erkannte er Suna, die ebenfalls zu Boden gegangen war, und Leonardo, der sich schwer atmend an seinen Rollstuhl klammerte. Dann verdeckte Orpheus' Gestalt ihm die Sicht, denn der Geist blickte ihn direkt an.

Noch immer zierten Reste vom Tortenzauber seine Brust, und Anton konnte sehen, wie wütend er war. Der Dunkle Barde streckte die Hand aus, und wie von unsichtbarer Klaue gepackt, wurde Anton in seine Richtung gezogen. Das Feuer biss nach ihm, als Orpheus ihn hindurchschleifte, und schwer atmend blieb Anton in der Mitte des Kreises liegen. Hier war es nicht heiß, sondern so kalt, dass er anfing zu zittern.

Mühelos hob Orpheus ihn hoch, und Anton fühlte sich wie eine Marionette, die langsam in diesen Geisterklauen vereiste. Aber da bemerkte er ein Flackern im Augenwinkel, blau und warm. Und er starrte Orpheus ins Gesicht. Mochte dieser Geist über die Kälte herrschen – aber es gab mehr in der Welt als das!

Mit einem heiseren Schrei riss Anton seinen Hamster hoch. Und ehe Orpheus noch etwas tun konnte, prasselten Geisterkörner auf ihn ein und zerplatzten zu buntem Nebel. Er ließ Anton los und taumelte rückwärts. Der Feuerkreis flackerte. Und da spürte Anton eine Hand in der seinen. Es war Gustav, der mit Stürmchen neben ihm schwebte, und als Nepomuk auf Antons Schulter sprang, sausten auch Sibille und Hauke mit Tenebrae an seine Seite, gefolgt von Leonardo, Suna und Theo. Sie hielten einander an den Händen, und als sie schrien, vertrieben ihre Stimmen Orpheus aus Antons Kopf.

Die Kraft der Geister durchströmte Anton wie ein wärmender Windhauch. Gleichzeitig flossen Farben von seiner Hand über Sibille und Hauke hinweg, und die Augen der Geister verwandelten sich in Spiegel. Anton sah Orpheus darin, der schreckensstarr zu ihnen aufschaute. Geister fürchteten kaum etwas so sehr wie ihr eigenes Spiegelbild, das wusste er. Und er hielt den Atem an, als Orpheus sich vor ihnen verwandelte. Sein Körper wurde weniger durchscheinend, der grausame Ausdruck wich von seinen Zügen. Er wurde der Barde, der

er früher gewesen war. Doch seine Augen waren noch immer schwarz und tot, und als er jetzt einen Schrei ausstieß, lag darin nichts als Schmerz … ein unendlicher Schmerz darüber, was er verloren hatte.

Sibille und Hauke streckten die Hände aus, ebenso wie Suna und Theo, und da glitt ein Leuchten aus Orpheus' Kehle. Es war seine Stimme. Vergeblich versuchte er, sie festzuhalten. Anton riss die Goldene Büchse aus seiner Tasche und sperrte die Stimme des Sängers darin ein. Im selben Moment, da sie verstummte, wurde der Feuerkreis zu schwelender Glut und die Kälte zu flüsterndem Wind. Orpheus war in sich zusammengesunken. Und vor ihm lag das Portal.

Suna stürzte darauf zu und hob es hoch. Doch die Erleichterung währte nicht lang. Die Flammen hatten der Uhr zugesetzt, tiefe Risse zogen sich hindurch. Schon strömte eisige Luft daraus hervor – und dann brach ein ganzer Schwarm Geister in die Welt. Suna schrie auf, sie konnte nicht verhindern, dass die schemenhaften Gestalten auf Helltorens Gassen zujagten. Eilig presste Gustav seine Hände auf die Uhr. Ein flackernder Zauber zog sich darüber und hielt weitere Geister zurück. Doch das Portal war beschädigt, der Zauber flackerte bereits. Es war nur eine Frage der Zeit, bis er zerbrechen würde … und das Portal mit ihm.

Mitten in die Fassungslosigkeit der Freunde erklang ein Lachen. Und mit tiefschwarzen Augen richtete Orpheus sich vor ihnen auf.

Die Kraft der Bücher

„Lauft“, wisperte Nepomuk, als Orpheus die Finger bewegte. Und dann lauter: „Lauft!“

Da ballte Orpheus die Hände zu Fäusten. Die Glut loderte auf. Sie schloss sich um seinen Körper, und mit markerschütterndem Schrei setzte er sie in Flammen. Anton sah mit Entsetzen Orpheus’ schwarze Augen und sein Grinsen, als er auf sie zustürzte.

Dann warf Anton sich herum und rannte los. Neben ihm sauste Leonardo über den Rasen, Nepomuk und Gustav hingen wie zwei Wetterfahnen an seiner Lehne. Theo und Suna eilten ihnen voraus, und Stürmchen hatte mit Sibille, Hauke und Tenebrae bereits das Haus erreicht. In der Tür stand ein kreidebleicher Steffen König.

„Weg da!“, kreischte Nepomuk, und der Autor sprang mit flatternder Ideenmütze aus dem Weg. Anton knallte die Tür hinter ihnen zu, und das keine Sekunde zu früh. Schon brandete das Feuer dagegen und ließ das Holz knacken.

„Nach oben“, rief Steffen König. „Ins Schlafzimmer!“

Mit beeindruckender Schnelligkeit rannte er die Treppe hoch. Anton entkam den einbrechenden Flammen nur mit einem Sprung über die letzten Stufen und eilte den anderen

nach. Steffen König zerrte ihn ins Schlafzimmer. Zwischen Bücherhaufen stand ein uraltes Bett, das ebenfalls mit Büchern überhäuft war. Anton entdeckte die Erstausgabe seines Vaters von *Tiffany* darunter; offenbar hatte Steffen König vorgehabt, diese Bücher zu signieren. Jetzt schlug er die Tür hinter Anton zu und drehte einen Schlüssel im Schloss.

„Deswegen sollten wir ins Schlafzimmer laufen?“ Nepomuk starrte auf den Minischlüssel. „Ist der verwunschen, oder was?“

„Nein“, gab Steffen König zurück. „Aber die Pentagramme sind es.“

Er zog seinen Morgenmantel vom Haken hinter der Tür und gab den Blick frei auf unzählige, mit Asche gemalte Zeichen. Sie sahen aus wie aus einem Hexenbuch der Burgschule, und als Anton die Hand danach ausstreckte, glühten sie schwarz auf.

„Du bist ein Magier?“, fragte er fassungslos, doch Steffen König seufzte nur.

„Schön wäre es. Aber nein, ich habe bloß was gegen böse Träume gesucht. Dafür war ich bei einer Frau, die sich selbst als Hexe bezeichnet. Sie hat mir die Asche aus ihrem Kamin überlassen und die Zeichenliste gegeben. Böse Träume halten sie nicht ab, aber dafür habe ich nachts keinen Besuch mehr von Geistern bekommen. Ich habe die Asche immer dabei, wenn ich nicht daheim schlafe. Man kann ja nie wissen.“

„Gegen böse Träume hilft eine Schale Kekse auf dem Nachttisch“, meinte Nepomuk fachmännisch. „Dann sind sie mit Essen beschäftigt und lassen dich in Ruhe.“

Steffen König kam nicht dazu, etwas zu erwidern, denn jetzt krachte Orpheus gegen die Tür. Sibille und Hauke pusteten gegen die durchbrechenden Flammen an, aber schon leckte das Feuer über die Zeichen, die prasselnd aufflackerten.

„Das Feuer ist zu stark“, rief Sibille. „Wir können es nicht löschen!“

„Und die Zeichen verlieren an Kraft“, keuchte Hauke, als zwei Pentagramme zu Asche zerfielen.

Suna hob die Hand mit der Uhr. „Wir müssen das Portal reparieren!“

„Aber das geht nur mit dem Zauberbaum“, wisperte Gustav. „Aus ihm wurde es erschaffen!“

Nepomuk raufte sich das Fell. „Abgesehen davon, dass wir hier eingesperrt sind: Wir haben keine Ahnung, wo dieser verfluchte Baum überhaupt steht!“

„Wenn es stimmt, was Edwin Sniffel erzählt hat, gibt es den gar nicht mehr“, meinte Theo.

„So hat er das nicht formuliert“, widersprach Anton. „Er sagte: *Der Baum ist überall, wo sein Geist die Magie erweckt*.“

Nepomuk und die anderen zuckten zusammen, als die Tür unter donnernden Hieben erbebte. „Nur eins ist schlimmer als Edwin Sniffels Törtchen: seine poetischen Ausbrüche!“

„Wo sein Geist die Magie erweckt“, wiederholte Steffen König, dann hellte sich sein Gesicht auf. „Bücher! Bücher werden aus Bäumen gemacht!“

„Bücher sind auch Portale in andere Welten“, flüsterte Anton. „Und hier sind jede Menge davon!“ Er drehte sich zu den Bücherhaufen um. „Auch wenn man nur in Gedanken in diese Welten wechseln kann.“

Steffen König warf ihm einen abschätzigen Blick zu. „Was soll das heißen, nur in Gedanken? Mit unseren Gedanken formen wir die Welt! Diese Bücher bergen große magische Kraft, da habt ihr recht. Und sie können heilen, was zerbrochen wurde. In unserem Inneren … und sicher auch bei eurem Portal!“

Wieder erbebte die Tür, und eine grelle Stichflamme loderte ins Zimmer. „Und wie soll das gehen?“, kreischte Nepomuk. „Wollen wir Pappmaschee draus machen und das Portal kleben?“

Doch Anton griff nach dem Erstexemplar seines Vaters und reichte es Steffen König. „Nein. Wir nutzen die Kraft der Bücher, um das Portal zu reparieren.“

Sibille hob die Brauen. „Ich denke nicht, dass eine herausgelesene Höllenkatze uns jetzt besonders helfen würde.“

„In einem Buch steckt mehr als der Text“, sagte Steffen König. „Wirklich magisch wird eine Geschichte erst, wenn sie im Kopf der Leser lebendig wird.“

Theo kratzte sich am Kopf. „Und was soll das bedeuten?“

„Dass ich versuchen werde, mir den Leser vorzustellen, dem dieses Buch gehört“, erwiderte Steffen König.

Damit schlug er das Buch auf. Sibille und Hauke legten die Hände auf seine Schultern, und Gustav strich behutsam über die Seiten. Dann fing Steffen König an zu lesen.

Leonardo und die anderen stemmten sich unterdessen gegen die bebende Tür. Tenebrae und Stürmchen erstickten einzelne Flammen, aber der Rahmen splitterte immer stärker, und Anton spürte sie wieder, durch jede Hitze hindurch: Orpheus' gnadenlose Kälte.

Aber als Steffen König weiterlas, strömten Farben aus dem Buch in den Raum und bildeten eine Person nach: den Leser, dem das Buch gehörte. Anton spürte dessen Begeisterung, als

der die Zeilen in sich aufgenommen hatte, seine Angst und seine Tränen. Der Leser war sein Vater. Nun hob dessen Abbild den Kopf und streckte die Hand nach dem Portal aus.

Im selben Moment flog die Tür aus den Angeln. Anton wurde durch die Luft geschleudert, er sah, wie Orpheus mit seinen Flammen ins Zimmer brach, sah auch den Schreck auf Sunas Gesicht – und dann die Zuversicht auf den Zügen seines Vaters. In tausend Farben floss dessen Fantasie mit ungeheurer Kraft in das Portal, und gerade, als Orpheus sich vorstürzen wollte, glühte es grell auf.

In unvorstellbarer Helligkeit erstrahlte es in Sunas Händen. Antons Vater verschwand mit einem Lächeln, Gustav huschte an Sunas Seite, und als sie das reparierte Portal zusammen öffneten, strömte das Feuer wie magisch angezogen hinein. Die Flammengestalten des Fulminanten Feuerwerks stoben gemeinsam mit den entflohenen Geistern durch die Wände, der kopflose Reiter galoppierte durch die zerbrochene Tür, und allesamt verschwanden sie im Portal. Noch einmal sprühten Funken auf, dann verschlossen Suna und Gustav die Uhr. Erleichtert sahen sie einander an. Sie hatten das Chaos in die Geisterwelt zurückgetrieben.

Jedenfalls einen Teil davon.

Orpheus stand reglos da, umwickelt von Tenebrae, die sich unter dem Eindruck der Farben bunt gefärbt hatte. Sein Blick glitt ins Leere, und auf einmal sah er so verzweifelt aus, dass er Anton fast leidtat.

„Was machen wir jetzt mit ihm?“, fragte Gustav.

Ehe jemand etwas antworten konnte, fielen Lichtstrahlen ins Zimmer. Aber es war nicht die Morgensonne, wie Anton zuerst glaubte. Es waren drei Geister, in graue Lumpen gehüllt, die Kapuzen tief in die Gesichter gezogen.

Ihm wurde eiskalt.

Die Geister des Hohen Rats.

Der Hohe Rat

Lautlos streiften die Mitglieder des Rats die Kapuzen zurück. Es handelte sich um einen weiblichen Geist mit wildem Dutt auf dem Kopf, einen Mann, der prompt seinen Schädel abschraubte und unter den Arm klemmte, und einen koboldähnlichen Kerl, dessen Mund von einem Ohr zum anderen reichte.

Ein Poltergeist, dachte Anton noch, aber da trafen die Geister ihn mit ihren Blicken und löschten jeden klaren Gedanken aus.

„Wächter des Portals“, raunte die Geisterfrau und deutete auf Suna und Gustav. „Was geht hier vor?“

Suna schwankte angesichts der Eissplitter, die ihr aus dem Mund der Frau wie ein Schneesturm entgegenflogen. Aber Gustav nahm ihre Hand und schaute den Ratsmitgliedern geradewegs in die Augen.

„Wir sind die Wächter des Portals“, rief er gegen den Sturm an, und seine Stimme füllte jeden Winkel des Raums. „Wir haben verhindert, dass es zerstört und das Tor zwischen den Welten für immer geöffnet wird.“

Der abgeschraubte Kopf zog die Brauen zusammen. „Das Tor zwischen den Welten stand offen, lang genug, um einem ganzen Geisterschwarm einen Flug durch Helltoren zu gewähren. Wie konnte es so weit kommen?“

Gustav holte tief Luft, und dann erzählte er so knapp wie möglich, was passiert war. Stürmchen verharrte dabei an seiner Seite, ohne die Ratsmitglieder aus den Augen zu lassen. „Gemeinsam mit Anton und seinen Freunden ist es uns gelungen, Orpheus zu besiegen“, schloss Gustav. „Wir haben die entlaufenen Geister in ihre Welt zurückgeschickt und Orpheus gefangen genommen.“

Die Ratsmitglieder maßen ihn mit Blicken, doch ehe sie etwas erwidern konnten, ergriff Sibille das Wort. „Gustav trifft keine Schuld“, sagte sie kleinlaut. „Wir haben ihn gezwungen, das Portal zu öffnen. Zwar hat Orpheus uns ausgetrickst, indem er so tat, als wäre er Arthur. Aber trotzdem war das nicht in Ordnung. Wir würden so was nie wieder tun.“

„Ihr wisst, was das heißt“, zischte der Poltergeist.

„Ja“, seufzte Hauke. „Nebelfegen bis zum Umfallen.“

„Aber vielleicht erzählt uns dabei jemand Geschichten“, fügte Sibille hinzu, und Anton bemerkte das Lächeln, das über Gustavs Gesicht flog.

„Du“, grollten die Geister nun wie aus einem Mund und schwebten auf Orpheus zu. „Schon einmal bist du verbotenerweise in diese Welt zurückgekehrt, schon einmal wurdest du zur Strafe in den Finsterkerker gesperrt, wo nicht einmal ein Funke sich hineinverirrt. Wie kannst du es wagen, dein Vergehen zu wiederholen?“

Müde hob Orpheus den Blick. Er wirkte so menschlich,

dass seine schwarzen Augen kaum auffielen. „Ich halte unsere Welt nicht mehr aus“, flüsterte er heiser. „Sie ist ohne Farben, seit sie verschlossen wurde. Es gibt keinen Lebenshauch mehr, keine Hoffnung, nur Leere. Seht euch die Menschenwelt doch an. Sie ist wunderschön!“

Die Ratsmitglieder schauten sich in dem Bücherchaos um und machten verständnislose Gesichter. „Du kennst die Regeln“, sagte die Geisterfrau. „Es gibt keine offenen Tore mehr, und das hat seine Gründe. Du selbst trägst die Verantwortung dafür!“

„Vielleicht wird es Zeit, daran etwas zu ändern“, sagte Gustav leise. Alle sahen ihn an, aber obwohl er rot wurde, fuhr er fort: „Orpheus ist nicht in diese Welt gekommen, um ihr zu schaden. Er hat sie vermisst. Und das weiß ich so genau, weil es mir auch so geht.“

Ein Raunen kam aus den Mündern der Ratsmitglieder, doch Gustav ließ sich nicht einschüchtern. „Ich war mein Leben lang fasziniert von der Welt der Menschen. Aber ich habe mich nie getraut, das zuzugeben, weil sich das für einen anständigen Geist nicht gehört. Dabei sind Geister und Menschen sich ziemlich ähnlich. Wir können viel voneinander lernen. Und wir können einander zurückgeben, was manche von uns verloren haben.“

Der Poltergeist kniff die Augen zusammen. „Was meinst du damit?“

„Mut“, erwiderte Gustav. „Selbstvertrauen. Und Farben. Seht uns doch an.“ Er deutete auf Sibille, Hauke und Tenebrae und anschließend auf Stürmchen und sich selbst. „Wir haben das Leben aufgesogen in den vergangenen Stunden, die wir in dieser Welt verbracht haben. Deswegen sind wir bunter geworden. Und wir werden diese Farben mit in unsere Welt nehmen und sie schöner machen … so wie wir die Welt der Menschen schöner gemacht haben."

„Ihr habt Verwüstung gebracht", raunte der Kopf unter dem Geisterarm. „Wir haben eure Spuren in Helltoren gesehen. Beschmierte Ladenschilder. Zerstörte Geisterfallen. Zerbrochene Fensterscheiben." Er schnaubte. „Wir Geister machen die Welt der Menschen nicht schöner. Wir haben nichts mit ihr zu schaffen!"

„Das ist nicht wahr“, widersprach Anton und ignorierte die Kälte der Geister. „Ich habe so viel von Gustav und den anderen Geistern gelernt. Ich habe herausgefunden, dass es okay ist, sich zu fürchten, wenn man dabei trotzdem mutig bleibt. Dass sich selbst in der allergrößten Kälte mehr verbirgt, als meine Angst mir vorgegaukelt hat. Dass man nicht vom Äußeren aufs Innere schließen sollte. Und dass man oft gerade dort Freunde findet, wo man es nicht erwartet.“

Die Geisterfrau hob erstaunt die Brauen. „Was willst du damit sagen?“

„Ich bin ein Monsterjäger“, sagte Anton mit fester Stimme. „Aber ich hatte immer schon ziemliche Angst vor Geistern. Jetzt habe ich Seite an Seite mit ihnen gekämpft. Und ich habe festgestellt, dass Gustav recht hat: Wir sind uns ähnlicher, als ich jemals gedacht hätte. Wir alle sehnen uns nach Abenteuern. Nach Wundern. Und nach Hoffnung.“ Er holte tief Luft. „So wie Orpheus. Es stimmt: Er ist nicht hierhergekommen, um unsere Welt zu zerstören. Er hat sich einfach nach ihr gesehnt.“

„Es sollte keine so strenge äußere Trennung der Welten mehr geben“, ergänzte Gustav. „Nicht, wenn wir innerlich so verbunden sind. Ich würde mir wünschen, dass wir hin und wieder hierherkommen dürfen … auch an Halloween, so wie früher.“

Die Ratsmitglieder flüsterten miteinander. „Wir werden darüber beraten.“ Dann wandten sie sich an Orpheus. „Wie auch immer unsere Entscheidung ausfallen wird: Du hast große Gefahr über beide Welten gebracht. Daher wird dir der Zutritt zur Menschenwelt für alle Zeit verwehrt."

Da sah Orpheus auf. Anton konnte die Erschütterung spüren, die durch seinen Körper ging. Kurz rechnete er damit, dass der Dunkle Barde aufschreien würde. Aber stattdessen schwankte er nur. Tenebrae zog sich von ihm zurück. Und mit einem Seufzen, das Anton ins Herz schnitt, sank Orpheus auf die Knie.

Der Geist und der Dichter

Noch nie hatte Anton einen Geist weinen sehen. Winzige Perlen rieselten über Orpheus' Wangen, zuerst schwarz, dann grau und schließlich silberweiß. Sie zerbrachen in seinen Händen, und als er zu Anton und den anderen herübersah, waren seine Augen dunkelblau wie der Nachthimmel. Er sah aus, als hätte er jeden Halt verloren.

Ehe Anton weiter darüber nachdenken konnte, griff er nach der Goldenen Büchse. Kurz nur wechselte er mit seinen Freunden einen Blick, dann öffnete er sie. Wie ein sanftes Licht glitt Orpheus' Stimme zu dem Dunklen Barden zurück, und ein erstauntes Seufzen kam über dessen Lippen.

„Ich bin kein böser Geist", sagte er, und seine Stimme war sacht wie ein Flüstern.

„Das würde so ziemlich jeder Mensch vermutlich anders sehen", murmelte Nepomuk.

Doch Orpheus schüttelte den Kopf. „Einer nicht", erwiderte er kaum hörbar.

Der Poltergeist beugte sich vor. „Von wem sprichst du?"

„Es war einmal ein junger Mann", sagte Orpheus und schaute auf die zerbrochenen Tränen in seinen Händen wie in eine ferne Vergangenheit. „Er verzweifelte angesichts der

Grausamkeit in der Welt. Als ich ihn traf, begegnete er mir als mein Feind. Doch ich schenkte ihm Hoffnung – mit meiner Stimme. Er war ein Monsterjäger. Und sein Name war Edwin."

„Edwin Sniffel?", fragte Anton verblüfft.

Orpheus nickte. „Glaubt ihr wirklich, Edwin Sniffel hätte mir meine Stimme geraubt? Nein. Ich habe sie ihm geschenkt, um ihn daran zu erinnern, dass selbst in der finstersten Kreatur etwas Schönes stecken kann … und um etwas von mir in dieser Welt zu lassen, nachdem sich die Tore endgültig geschlossen hatten. Durch meine Stimme hatte ich Anteil am Leben in der Burg. Sie wisperte durch die Flure, sie sang mit dem Sturm, und sie tröstete so manches Kind, das vor Heimweh krank wurde. Auch euch habe ich begleitet." Er streifte Anton, Suna und Theo mit seinem Blick. „Und es hat die Kälte der Geisterwelt für mich erträglicher gemacht."

„Aber warum bist du in diese Welt zurückgekehrt?", fragte die Geisterfrau.

„Weil ich es nicht mehr aushalte, so zerrissen zu sein. Ich will wieder ganz sein mit meiner Stimme. Und gleichzeitig weiß ich, dass ich es dann für immer verlieren werde: das Leben. Dass ich dann keinen Anteil mehr daran haben werde."

Er klang so verzweifelt, dass Anton die Arme um den Körper zog. Aber die Ratsmitglieder schüttelten die Köpfe. „Du bist nun einmal ein Geist. Du wirst nie wieder lebendig sein."

„Ich weiß“, flüsterte Orpheus. „Doch was nützt mir die schönste Stimme, wenn es keine Farben mehr um mich gibt?“

Eine schwere Stille senkte sich auf sie. Plötzlich lief Steffen König an den Ratsmitgliedern vorbei und ging vor Orpheus in die Knie. Mitgefühl lag auf seinem Gesicht. „Die Farben sind da“, sagte er sanft. „Du musst sie nur sehen. Vielleicht solltest du nicht einen Teil von dir in dieser Welt lassen. Sondern einen Teil dieser Welt mit dir nehmen.“ Er holte etwas aus der Tasche … und Orpheus sog die Luft ein.

„Die Ode an die Farben“, flüsterte er atemlos. „Woher hast du das Manuskript? Ich dachte, es wurde zerstört!“

„Ideen sterben nie“, erwiderte Steffen König. „Ich war einer der Jugendlichen, die früher in dieses Haus gekommen sind. Und ich habe *Die Ode an die Farben* mitgenommen, weil das Manuskript einen ganz eigenen Zauber hat. Dein Gedicht hat mich oft inspiriert. Und noch öfter hat es mir die Hoffnung zurückgegeben, wenn alles in mir dunkel wurde. Es tut mir leid, dass ich es genommen habe. Jetzt wird es Zeit, dass es zu dir zurückkehrt.“

Orpheus schlug das Manuskript auf. Er fing an zu lesen, so leise, dass Anton ihn nicht verstehen konnte. Aber seine Stimme wurde zu einem geheimnisvollen Gesang, und jeder Ton zog sich in einer anderen Farbe über Orpheus’ Körper. Als er geendet hatte, schaute er Steffen König voller Dankbarkeit an, und für einen Moment war es, als würden sie einander in einem Spiegel betrachten: der Geist und der Dichter.

„Nun", grollte die Geisterfrau. „Es scheint fast so, als hätten wir eine Lösung gefunden ... mit der Hilfe eines Menschen." Ihr Blick schweifte zu Steffen König, ehe er sich wieder auf Orpheus richtete. „Es dürfte sich von selbst verstehen, dass deine Ration an Nebelfegen um einiges höher liegen wird als bei den anderen Delinquenten. Aber angesichts der Umstände werden wir auf einen Arrest verzichten. Und je nach Führung erlauben wir womöglich einen Besuch von der anderen Seite ... sofern es erwünscht ist."

Ihre Blicke schweiften zu Steffen König, und ein Lächeln glitt über dessen Gesicht, das von Orpheus gespiegelt wurde. Es bestand kein Zweifel daran, wer Orpheus so bald wie möglich in der Geisterwelt besuchen würde.

Das Licht der Morgensonne schimmerte durchs Fenster, und ehe Anton begriff, was vor sich ging, strich ein Kribbeln über seine Haut. Seine Haare glätteten sich, die Krallen zogen sich zurück, und selbst der aufkeimende Hunger war verschwunden. Mit rasendem Herzen sah er zu Theo hinüber. Noch einmal flammte das Licht über seinen Leib, dann stand er wieder vor ihnen: Theo, wie er immer gewesen war. Er öffnete den Mund, um etwas zu sagen, aber dann strahlte er nur übers ganze Gesicht. Anton lächelte. Selten hatte er seinen Freund so glücklich gesehen wie jetzt, da er wieder ein richtiger Mensch war.

„Es wird Zeit", raunten die Ratsmitglieder wie aus einem Mund. „Kehren wir in unsere Welt zurück."

Auf ein Nicken der Geisterfrau hin ließen Suna und Gustav das Portal aufglühen. Der Geistermann schraubte seinen Kopf wieder fest, und gemeinsam mit den anderen Ratsmitgliedern verschwand er nach einer ehrwürdigen Verbeugung im Licht des Portals.

Sibille überreichte Leonardo den Kaugummiwerfer, ehe sie und Hauke Orpheus in die Mitte nahmen. Tenebrae schmiegte sich an ihre Seite, und sie lächelten Anton und seinen Freunden noch einmal zu. Orpheus schaute ein letztes Mal zurück, sein Blick glitt wie ein Flügel der Nacht über Antons Wangen. Dann waren die vier verschwunden.

Gustav sah von einem zum anderen. Er öffnete den Mund, um etwas zu sagen, aber dann lächelte er nur. Und mit einem leisen Seufzen fiel er Suna in die Arme. Behutsam strich sie ihm über den Rücken. Dann lösten sie sich voneinander. Stürmchen sprang auf Gustavs Schulter, und mit einem letzten Winken kehrten sie zurück in ihre Welt. Das Portal schloss sich ohne jedes Geräusch.

Erleichtert holte Anton Atem. Suna und Theo strahlten ihn an, Leonardo lachte leise, und Nepomuk bereitete sich zum Sprung vor, um ihnen in die Arme zu fallen. Aber da schnalzte jemand mit der Zunge.

„Nicht bewegen!“ Steffen König schaute streng von seinem Notizbuch auf. „Ich muss die Szene aufschreiben. Ist doch wohl klar, oder nicht?“

Der Raum zwischen den Zeilen

Helltoren sah aus, als wäre nicht das Geringste passiert. Nur die Halloween-Deko erinnerte noch an die letzte Nacht. Selbst das Fenster im Buchladen war auf rätselhafte Weise repariert worden. Als sie daran vorbeigingen, meinte Anton, etwas Traumstaub darauf funkeln zu sehen, was Nepomuk natürlich abstritt.

„Ich verschwende meinen kostbaren Staub doch nicht an ein Fenster", sagte er. „Jedenfalls nicht offiziell."

„Natürlich nicht." Anton grinste. „Den brauchst du ja, um dir die letzten Süßigkeiten dieser Nacht zu sichern."

„Zur Not habe ich auch noch neue Kekse gekauft", meinte Suna und zwinkerte Nepomuk zu. „Und eins ist sicher: Ich teile sie mit keinem anderen Monster als dir."

Nepomuk wurde ein wenig rot.

„Kekse", seufzte Theo. „Ich freue mich so sehr darauf, dass sie nicht mehr durch mich durchplumpsen werden."

„Ich freue mich auf die Geisterdrops, von denen Gustav erzählt hat", meinte Nepomuk. „Hoffentlich bringt er sie mit, wenn er uns besuchen kommt."

„Hauptsache, er hat Sibille und Hauke dabei", warf Leonardo ein. „Die zwei werden mir helfen, die Geisterfallen wieder neu zu bauen. Vielleicht haben sie sogar Ideen, um sie zu verbessern."

„Oh ja", rief Theo. „Womöglich machen sie einen Saugenialen Supersuperschraubendreher aus dem Saugenialen Superbananenschraubendreher."

Sie lachten los, doch da rief jemand Antons Namen. Nepomuk huschte in Antons Rucksack, und im nächsten Moment kam ihnen auch schon ein sehr glücklicher Buchhändler entgegen. Anton musste lächeln, als er seinen Vater sah. Dessen Haar stand in allen Richtungen vom Kopf ab, aber seine Wangen waren gerötet, und als er vor ihnen stehen blieb, strahlte er übers ganze Gesicht.

„Die Lesung war ein voller Erfolg", erzählte er begeistert. „Steffen König hat sogar bei uns übernachtet. Er war als Erster wach und hat Brötchen geholt, ist das zu fassen? Und er hat uns von einer neuen Idee erzählt, irgendwas mit Monsterjägern … so ganz bin ich nicht durchgestiegen, aber was soll's. Das müssen wir unbedingt wiederholen!"

Anton hörte es in seinem Rucksack seufzen, doch ehe er etwas sagen konnte, erklang ein begeisterter Ruf hinter ihm.

„Unbedingt", rief Frau Hempele, die ihnen nun mindestens ebenso zerzaust entgegenkam. „Die Lesung mit Herrn König war das Spannendste, was ich je erlebt habe. Besonders gut hat mir das tanzende Einhorn gefallen. Ich glaube, ich liebe Einhörner!"

Lachend streckte sie beide Daumen in die Höhe und setzte ihren Weg fort.

Antons Vater kratzte sich am Kopf. „Komisch“, murmelte er. „An Einhörner kann ich mich gar nicht erinnern. Dafür an eine riesige Katze, die sich mit einem winzigen Hund gestritten hat. Ich glaube, ich muss *Tiffany* noch mal lesen. Hattet ihr denn einen schönen Abend?“

Anton nickte. „Ja, es war sehr … geisterhaft.“

Suna und Theo unterdrückten ein Lachen, und Leonardo fügte hinzu: „Mit ein paar werwolfigen Episoden. Und allerhand Hexerei.“

Antons Vater hob die Brauen. „Klingt nach einem spannenden Film. Den muss ich mir wohl auch mal ansehen.“

„Unbedingt“, sagten Anton und seine Freunde wie aus einem Mund.

„Apropos grüßen“, meinte sein Vater. „Ich soll dir Grüße von Frau Zirpenschreck bestellen. Habe sie eben vor der Schule getroffen, da haben wohl ein paar Rabauken das Tor demoliert … Aber sie hat es schon wieder gerade gebogen. War wohl nur ein Kratzer.“

Erstaunt hob Anton die Brauen, aber er kam nicht dazu, etwas zu erwidern, denn sein Vater erzählte bereits weiter.

„Das nächste Mal will sie auch zur Lesung kommen“, fuhr er fort. „‚Manche Nächte‘, meinte sie, ‚kann man sich nicht entgehen lassen.‘ Vielleicht bringt sie ihr neues Haustier mit. Es soll wohl eine Katze sein. Ob die sich mit ihrem Hund versteht?“

„Oh ja“, raunte Nepomuk in Antons Rucksack. „Höllisch gut sogar.“

Suna überspielte ihr Lachen mit einem Husten, doch Antons Vater fiel das gar nicht auf.

„Und wisst ihr, was das Beste ist?", fragte er. „Steffen König hat tatsächlich meine Erstausgabe von *Tiffany* signiert. Schaut mal."

Anton nahm das Buch entgegen und musste lächeln, als er die Widmung las:

Für den Vater eines Helden.
Niemand kann den Raum
zwischen den Zeilen
in strahlendere Farben
verwandeln als er.

Ein verräterischer Glanz ging durch die Augen seines Vaters, als er Anton in den Arm nahm. Nepomuk keuchte in seinem Rucksack, so fest hielt er ihn, und Anton ließ es zu, dass sein Vater ihm durchs Haar wuschelte wie früher, als er noch klein gewesen war.

„Und jetzt ab nach Hause", meinte sein Vater. „Deine Mutter wartet mit dem Frühstück."

„Ich schaue noch kurz in meinem Laden vorbei." Leonardo winkte. „Lasst mir ein Hörnchen übrig."

Sie verabschiedeten sich, und als die Erwachsenen außer Sicht waren, kletterte Nepomuk aus dem Rucksack und hüpfte zurück auf Antons Schulter.

„Vielleicht sollte ich auch mal ein Buch schreiben", überlegte der Traum, während sie nebeneinander die Straße hinaufgingen. „Ich weiß sogar schon, worum es geht."

„Lass mich raten", erwiderte Anton. „Um Geister. Träume. Und verlorene Kekse?"

„Und um euch, meine Freunde." Nepomuk reckte seinen Säbel in den Sonnenaufgang. „Die Monsterjäger, mit denen ich wieder einmal die Welt gerettet habe."

Antons erste Monsterabenteuer

ISBN 978-3-7348-4071-5

ISBN 978-3-7348-4072-2

Natürlich magellan®

FSC
www.fsc.org
MIX
Papier | Fördert gute Waldnutzung
FSC® C083411

Wir pflanzen Bäume
Für unsere Umwelt
www.magellanverlag.de

Hergestellt in Deutschland
CO_2-Ersparnis durch kurze Lieferwege
Gedruckt auf FSC®-zertifiziertem Papier
Lösungsmittelfreier Klebstoff
Drucklack auf Wasserbasis
Farben auf Pflanzenölbasis

Weitere Infos gibt es hier:

www.magellanverlag.de/natürlich

1. Auflage 2024

Dieses Werk wurde vermittelt durch die
AVA international GmbH Autoren- und Verlagsagentur, München.
www.ava-international.de
Text: Luisa Fuchs
Illustration: Sabine Mielke
Umschlaggestaltung: Carolin Glaser
unter der Verwendung einer Illustration von Sabine Mielke
Druck: CPI, Leck
ISBN 978-3-7348-4073-9

www.magellanverlag.de

Helltoren & Umgebung
17
20
18
2
19
5
3
6
11
4
16
15